手切れ金代わりに渡されたトカゲの卵、実はドラゴンだった件

DRAGON DATTA KEN

追放された雑用係は竜騎士となる

vol.3

KUSANOHA OWL
草乃葉オウル

ILLUSTRATION
有村

TEGIREKIN
GAWARINI WATASARETA
TOKAGE NO TAMAGO, JITSUHA
DRAGON DATTAKEN

MAIN CHARACTERS
シウル
『キルトのギルド』のメンバー。父親が亡くなった事件の真相を追っている。
キルト
『キルトのギルド』のギルドマスター。「次世代の最強冒険者《ニア・グランドマスター》」の称号を持つ。
フゥ
雪山の部族の姫。魔法道具の発明が得意。
ユート
追放されたところを、『キルトのギルド』に拾われた冒険者。困った人を放っておけないお人好し。
ロック
ユートの相棒であるちび竜。生まれたばかりだが最強の力を秘めている。

ガルゴ
『鉄の雲《くろがね》』のギルドマスター。
英雄として崇められている。
ユリーカ
『鉄の雲』の幹部。
シウルの元同僚。
リィナ
ユートの幼馴染で、
ヘンゼル王国の
新たなる女王。
サザンカ
リィナの護衛。
包帯型の武器を
装備している。

プロローグ

『クライム・オブ・ヒーメル』――それはヘンゼル王国北方にそびえる霊峰《れいほう》ヒーメルの山頂を目指す山岳レース。何日もかけて登頂を目指し、最も早く山頂にたどり着いた者には、国王から勲章《くんしょう》が授与される。

レースはヒーメル山のふもとに住む部族、ジューネ族によって管理される。

かつて王国とジューネ族は対立していた。現在では和解し、その友好関係を示すために行われる行事――『クライム・オブ・ヒーメル』にはそういった側面もあった。

俺――ユート・ドライグは、相棒のちび竜ロックと共にレース参加を決意し、王都から遥《はる》か北へと向かった。

レース初日――俺たちは完璧《かんぺき》なスタートダッシュを決め、満足して眠りに就《つ》こうとしたその時、真っ暗な中、険しい山肌を1人で登ろうとする少女と出会った。

彼女の名はフゥ・ジューネ。なんとジューネ族をまとめる族長の娘だった！

そんな高い身分のフゥが、なぜ危険なレースに参加しているのか……？

その理由は毎年ヒーメル山の山頂に出現する高魔元素《こうまげんそ》の塊《かたまり》『天陽石《てんようせき》』にあった。高魔元素とは空気中に含まれる魔力のことである。

宝石のように美しく輝く天陽石は、毎年レース優勝者の手によって国王に献上《けんじょう》される習わしだ。

しかし、周囲の魔力の流れを安定させる役割を持つ天陽石を持ち去るという行為は、ヒーメル山の環境悪化を招《まね》いていた。

フゥはレースで優勝して国王に直接会うことでヒーメル山の現状を伝え、今までとは違う友好関係の在り方を提案しようとしていた。

だが、ジューネ族も一枚岩ではない。王国との関係悪化を恐れ、沈黙《ちんもく》を貫《つらぬ》こうとする者も少なくない。

それでも現状を変えようと戦うフゥに協力することにした俺たちは、共にヒーメル山に挑んだ。

俺たちの行く手を阻《はば》んだのは、厳しい自然の脅威《きょうい》だけではなかった。

魔獣《まじゅう》を偏愛《へんあい》する父の支配から脱却するためにもがく男、ラヴランス・ズール。

王国を敵視し、転覆《てんぷく》させることでジューネ族の未来を守ろうとした男、ヴィルケ・グリージョ。

俺たちは神聖な山の中で何度も彼らと衝突した末に勝利を手にし、違う考えを持っていた彼らと意見をぶつけ合い、最終的に和解した。

その後、フゥの父であるソル族長は娘の勇気に突き動かされ、自ら国王と交渉《こうしょう》する決意を固める。

俺も『クライム・オブ・ヒーメル』優勝者として、族長と共に国王に会うことを決めた。

そんな中、俺たちのもとに国王の訃報《ふほう》が届く。

困惑しながらもたどり着いた王城の謁見《えっけん》の間……。場合によっては、ここでジューネ族の未来が変わる。

そんな重苦しい空気の中、俺たちの目の前に現れた新国王は……かつて実家で一緒に暮らしていた俺にとって妹のような存在——リィナだったんだ！

第1章　プリンセス・ラコリィナ

目の前に立つ少女は思い出の中の姿より大人っぽくなっているが、10代の女の子と2年も会わなければそうなるだろう。

でも、印象的な桃色《ももいろ》の髪はそのままで、まん丸でパッチリした目も変わっていない。

彼女はリィナ本人なんだ！

「ユート、会いたかった！　手紙もよこさずに2年間も何してたのよ……！」

玉座《ぎょくざ》から跳ねるように立ち上がったリィナは、勢いそのままに抱き着いてきた！

彼女が着ている桃色のドレスが結構重くて倒れそうになったところを……気合で持ちこたえる。

「何も連絡をしなかったのは……ごめん。とてもじゃないけど、父さんや母さん、リィナに言えるような状況じゃなくって……」

「そうだったの!?　それでも伝えてほしかったのに……！」

「今思えば……本当にそうだと思う」

泣きじゃくるリィナを見ていると、なんてつまらない意地を張っていたんだろうと思う。

父さんや母さんもきっと、俺の輝かしい活躍だけを聞きたいわけじゃないのに……。

「必ず、近いうちに家に帰るよ。今の俺にはそれが出来るんだ」

「うん、うん……！　必ずだよ……！　約束守らなかったら処刑しちゃうんだから……！」

……すっごい不穏《ふおん》な言葉が聞こえたな。

というか、いくら考えてもリィナがここにいる理由が思いつかない。

「リィナ、どうして王様みたいなことをしているんだ？」

「王様だからよ……！　正確には女王様！　私……王家の血を引いてたの！」

「ええっ!?　でも、だとしても……年齢的に継承《けいしょう》順位はかなり後ろの……」

「前の人たちは……みんな死んじゃったんだって」

「えええええっ!?」

俺が山を登ってる間に何が起こったんだ!?

だ、誰か説明してくれ……！　わかりやすく！

「詳しい話はワタクシからさせていただきましょう」

そう言ったのは、端の方で控《ひか》えていた女性だった。

クラシカルなメイド服を着た落ち着いた雰囲気《ふんいき》の人だが、顔には右目を覆《おお》うように包帯が巻かれ、首や指、脚にもぐるぐると包帯が巻かれている。

かなり大怪我《おおけが》しちゃったのかな……？

今更だけど、この謁見の間って、俺とロックと族長とリィナとこの女性しかいない?

『クライム・オブ・ヒーメル』はジューネ族との友好を示す儀式《ぎしき》のようなもの。

その優勝者を迎えて勲章を授与するとなれば、騎士や貴族が両サイドに控えていてもおかしくはないと思っていたが……実際は違うのか?

疑問ばかりが頭に浮かんでくる……。

こういう時は、考えることをやめて人の話を聞くに限る。

「教えてください。この城の中で何が起こっているのか……!」

「その前にまずは自己紹介をさせていただきます。ワタクシの名前はサザンカ・サザーランド。古くから王家に仕《つか》える家系の者です。役目は主に身辺警護《しんぺんけいご》ですが、今はメイドの真似事《まねごと》も行《おこな》っております。以後お見知りおきを……ユート・ドライグ様」

「い、いえ……こちらこそ」

名乗らずともあなたのことは知っていますよ……って雰囲気だ。

俺の名も売れてきたってことだと思っておこう。

「そして、そちらはジューネ族、族長のソル・ジューネ様ですね?」

「いかにも。先日、我が父の死に哀悼《あいとう》の意を表してくれたことに大変感謝している。しかし、まさかこんなに早くヘンゼル国王陛下が亡くなられるとは……大変残念でならない。その魂《たましい》が遥かなる山々を越え、天にたどり着くことを心から願っている」

「ありがとうございます。ラコリィナ様からも何かお言葉を……」

「え、私？　えっと、その言葉に亡くなった父も喜んでいると……思います。大変感謝しています、ソル・ジューネ……さん？」

ぎこちない受け答えだが仕方がない。

共に過ごした記憶がほとんどないまま死んだであろう父の気持ちなどわからないし、女王らしく振《ふ》る舞《ま》えというのも無理な話だ。

リィナは少し前までただの田舎娘《いなかむすめ》だったんだ。

名前もラコリィナじゃなくて、ただのリィナだった。

それがなぜこんなことになったのか……気になって仕方がない。

「では、ここ数日で王家に起こった悲劇、あるいは喜劇の話をいたしましょう。まず結論から申し上げれば、先ほどラコリィナ様がおっしゃったように、継承順位の高い王族の方々は全員お亡くなりになったのです。それも各自で計画した暗殺計画がすべて上手くいってしまって……です」

「暗殺計画が、すべて上手くいった？」

「そのままの意味です。第一王子殿下は後々足を引っ張りそうな弟妹《ていまい》を始末しようとし、その弟妹たちは自らが王になろうと継承順位が上の者たちを狙《ねら》った……。冷酷《れいこく》な後継者たちの暗殺計画はどれもが研《と》ぎ澄《す》まされていて、どれもが完璧に機能してしまいましたとさ。これが王家に起こった悲劇、あるいは喜劇の全容です」

俺と族長は顔を見合わせる。

サザンカさんの言っていることは言葉としては理解出来るが、現実味がない。

要するに、ヘンゼル王家は、醜《みにく》い骨肉《こつにく》の争いで滅びかけたということじゃないか！

もちろん、暗殺された王子や王女たちに子どもがいれば、世代が飛んでしまうとはいえ王家の血は絶《た》えないというのはわかっている。

王の孫にあたるそれらの子どもたちは、王の子よりは継承順位が劣《おと》る。

彼らを抜いてリィナが女王になったということは、リィナは王の直系の子ども……？

むぅ……まだ頭が混乱している。

サザンカさんの話の続きを聞こう。

「当然ですが家臣《かしん》たちはパニックになりました。まさか王子たちが一夜のうちに全滅なんて考えられません。かくなる上は、亡くなられた第一王子の長子を王にせざるを得ない……と思った矢先、我々は発見したのです。国王陛下が大事に大事に隠し持っていた手紙の数々を……。その手紙には『お父さんへ』と記されていました。我々は手紙の差出人を血眼《ちまなこ》になって探し……」

「そして、リィナを見つけた……と」

「その通りです。ラコリィナ様は王家の者だけが持つ指輪を所持しており、他にも国王陛下との繋がりを示す物品をわずかながら自宅に残されていました。以上のことから、我々はラコリィナ様を最後の直系のご息女と判断し、王都へとお連れしたのです」

「そう……だったんですか」

実家ではリィナは両親とまったく連絡が取れていない……ということになっていた。

でも、実はお父さんと手紙のやり取りをしているって、俺にバラしてくれたことがあった。

その文通の相手がまさか国王だったなんて、リィナも知らなかったはずだ。

「リィナ、お前まさか無理やり村を連れ出されたなんてことは……」

「それは違うよ、ユート。王都に来て女王様になることを決めたのは私。もちろん最初は驚いたし戸惑《とまど》ったけど、考えているうちに使命感……って言うのかな？　自分のやるべきことはこれなんだって実感が湧《わ》いてきたの。私を育ててくれたユートのお父さんとお母さんには申し訳ないけど、自分のやるべきことをやりたいと言って村を出たわ」

「俺の両親は……なんて言ってた？」

「笑顔で『いってらっしゃい』って！　『嫌になったらいつでも帰っておいで』とも言ってたよ！」

「そうか……。俺の時もそうだったな……」

無性《むしょう》に両親の顔が見たくなってきたが、俺の話は後回しだ。

「それでリィナは嫌になってないか？　王都にはもう馴染《なじ》んだのか？」

「少し村が恋しくなる日もあるけど、案外馴染むんだよね……この玉座が」

「馴染む……？」

「うん、私のお尻にね。ここに座るべくして座ってるって感じがするの」

「なら、いいんだけど……」

リィナの感性は独特だ。

そして、案外頑固《がんこ》な性格だ。独特の感性に裏打ちされた謎《なぞ》の自信は、他人の言葉で砕《くだ》くことは出来ない。リィナが自分のことを女王だと思えば、彼女は女王なんだ。

その自信は顔つきにも表れている。

「もちろん、まだまだ仕事は覚えられていないけど、そのうち覚えてみせるわ。それに私を支えてくれるサザンカはとても聡明《そうめい》な人で、彼女の声は聞いていて心地がよいの。ずっと私のそばにいてほしいな」

「ワタクシなどにはもったいないお言葉……。ですが、ラコリィナ様がお望みとあらばこのサザンカ・サザーランド、いつまでもそばにおります」

「うん、頼りにしてるからね！」

ニコニコ笑顔でサザンカさんと見つめ合うリィナ。

しかし、しばらくすると真顔になり、俺の方に向き直った。

「それでユートはどうしてここに来たの？　もしかして……ユートも王様の子どもなの⁉」

「いやいや！　それはないって！」

リィナがここにいることに驚き過ぎて、本題の方をすっかり忘れていた。

俺と族長は気を取り直し、『クライム・オブ・ヒーメル』の結果と山で起きていたことをリィナに伝えた。

そもそもリィナはこの行事のことを知らなそうだし、なんならジューネ族のことすら知らないと思う。

ある意味、返事がまったく予想出来ない相手だが……彼女の答えは単純明快《たんじゅんめいかい》だった。

「うわぁ、すごい！　ユートは優勝おめでとう！　村を出てからも頑張ってたんだね！　あと、難しいことはわかりませんけど山の環境が大変みたいですね。来年からは、その『天陽石』って石には触れないようにしましょう。というか、今年の石も山に返しましょう。そして、来年からの新しい行事をジューネ族と王国で考えていきましょう！」

1つの部族をあれほどまでに悩ませた問題はあっさり解決した。

だが、あまりにもあっさりし過ぎたせいで、族長はまだ信じ切れていない様子だ。

とはいえ、族長の温厚な性格では疑いの言葉を発するのも躊躇《ためら》われるだろう……。

ここは代わりに俺が確認を取ろう。

「それはリィナの一存で決めてしまっていいことなのか？」

「いいよいいよ！　私が女王ですもの！」

リィナは笑顔でピースサインを作る。

ある意味、暴君《ぼうくん》の素質アリだな……！

「ただ、私はヒーメル山のこともジューネ族のこともよく知らないので、話し合いはサザンカが用意した専門家の人たちとすることになると思います。でも、安心してください。族長さんの言うことを聞くように、ちゃんと言い聞かせておきますから！」

「それはありがたい……！　ラコリィナ女王陛下の寛大《かんだい》な配慮《はいりょ》に、我々ジューネ族は心より感謝する！」

「フフフ……ラコリィナ女王か……！　いい響《ひび》きね！」

いきなり環境が変わって不安なんじゃないかって思ってたけど、案外楽しそうだ。

まさに『血は争えない』ということか。

彼女に流れる王家の血が、あの玉座を求めているのかもしれない。

「では、ラコリィナ女王としてもう一仕事させてもらおうかな！　サザンカ、勲章の用意を！」

「かしこまりました」

謁見の主目的は天陽石の献上と勲章の授与だ。

色々あって存在感が薄くなっていた勲章だが、もうすぐ実物が与えられると思うとちょっとドキドキしてくる……。

今日から俺は『勲章持ちの冒険者』か……。

フフフ……いい響きだ！

『クライム・オブ・ヒーメル』の優勝者に与えられる天陽勲章は、輝く太陽をモチーフにしたオレンジ色のメダルだ。

それを国王自らが受章者《じゅしょうしゃ》の衣服に取り付け、叙勲《じょくん》は完了となる。

「こういうの初めてだから、手間取っても許してね」

「構わないさ。俺のことは練習台くらいの気持ちでいい」

リィナは四苦八苦しながら天陽勲章を俺の胸に取り付けた。

金属の重みだけじゃない、何か別の重さも感じる……。

これが勲章というものか……！

「よし、ユートの勲章はこれでオッケーね！　次はキミだけど、取り付けるところがないよね～」

「ク～！」

ロックに興味を示したリィナは絨毯《じゅうたん》の上に腹ばいになり、ロックと目線を合わせる。

女王様にあるまじき行いだが、相手と目線を合わせるというのは、それだけ相手に敬意を払っているということでもある。

「キミ、お名前は？」

「クー！」

「この子の名前はロック、ドラゴンの子どもで俺の最高の相棒さ」

「へ～、ドラゴンの……ドラゴン!?　あのおとぎ話に出て来る伝説の魔獣の!?」

リィナはくわっと目を見開いて、俺とロックを交互に見つめる。

あまり魔獣の知識がないであろうリィナでも、流石《さすが》にドラゴンには驚くんだな。

「ああ、そのドラゴンさ。実際に大人のドラゴンに会った経験がある人もそう言ってたよ」

「王都にはそんな人もいるのね……！　やっぱり都会ってすごい！」

まあ、都会がすごいというより、俺の上司のキルトさんが規格外なだけだと思うけど……。彼女のことまで語り始めると、それこそ俺が家を出てから今までにして来たこと全部を語ることになりそうだ。

話したい気持ちはもちろんあるけど……まず勲章の授与を先に進めよう。

「私はリィナっていうんだ。これからよろしくね、ロックちゃん！」

「ク～！　クゥ！　クゥ！」

「なるほど、ロックちゃんのおかげでユートは頑張れてるんだ」

「クゥッ！　クゥッ！」

ロックは首を横に振る。

「あはは、そうだね！　お互いに支え合って頑張ってるんだね。どちらかのおかげって言い方は間違ってたね」

「クー！」

なんか……普通に会話してるっぽい!?

「リィナはロックの言いたいことがわかるのか？」

「ううん、なんとなくそう思うってだけ。でも、私がそう思うなら、きっとそうなんだよ」

う〜む、彼女らしいセリフだ。

昔から村で飼《か》ってる動物に話しかけてたもんなぁ。

はたから見れば変人だけど、それで動物の病気を見抜いたこともあるし、これもリィナの才能なんだろう。

民《たみ》の声どころか、動物の声も聞ける女王様ってわけだ。

「ロックちゃんの勲章はケースに入れてユートに渡そうかな。あ、ユートの分のケースも用意しておくからね。流石に勲章をつけたまま冒険者の仕事をしたら、危ない人に襲《おそ》われちゃうもの」

「ああ、大事にしまっておくよ」

「後はギルドライセンスの書き換えだね。カードをサザンカに渡して」

俺はライセンスカードをサザンカさんに渡す。

各ギルドの拠点に置いてある魔法道具と同じものを使って、カードの内部に勲章の情報を刻むんだ。

こうすることで、貴重な勲章そのものを持ち歩かなくても、自分が勲章持ちの冒険者であることを証明出来る。

「……完了しました。カードをお返ししますね」

カードの裏面には、俺の胸に輝く天陽勲章と同じデザインの模様が刻まれている。

情報を読み込む装置がない現場では、この模様で勲章の有無を判断することもある。

まあ、現場で勲章が必要とされることなんてほとんどないはずだけどね。

「どうも、ありがとうございます」

「いえいえ。カードには従魔《じゅうま》であるロック様の勲章の情報も刻まれております。必要な時にお役立てください」

勲章持ちの魔獣か……。

それは勲章持ちの冒険者より珍《めずら》しい響きだ。

「よかったな、ロック」

「ク～！」

羽をパタパタ、しっぽをぶんぶんさせてロックは喜んでいる。

その姿を見てリィナはまたもや腹ばいになりロックに近づく。

「かわいいなぁ～！　私もこ～んなにかわいくて強い従魔が欲しいなぁ～！」

「まあ、警護の観点から見ても強い従魔は有用かもしれないけど、女王様に見合う魔獣となればその卵を手に入れるのがとても難しい……。いくら欲しくてたまらないからといって、周りの人に無理を言って探させるようなことはしちゃいけないぞ」

「う、うん……わかった。なんか、急に怖くなったね、ユート……」

「あっ、いや、ごめん……。魔獣の卵探しには苦《にが》い思い出がたくさんあってさ……」

「そうなんだ……。色々あったんだね。そういう話もたくさん聞きたいけど、今日はもう時間がないんだ。女王様は案外忙《いそが》しくってね。今日は会えて嬉しかったよ、ユート」

「ああ、俺もだ。また手伝えることがあったら何でも言ってくれ。女王様になってもリィナはリィナだ。一緒に暮らした家族として出来ることはするさ」

「ありがとう！　ユートが王都にいてくれて、とっても心強いよ。またお城に遊びに来てね！」

叙勲式は懐《なつ》かしい人との再会、そして族長の要求がすべて通る形で幕を閉じた。

俺とロックと族長は謁見の間を出て、橋を渡って城の外へ出る。そして、行きと同じように馬車に乗り込んだ。

「王都に来て本当に良かったと思う。国王に関しては想定外の連続だったが、結果的にジューネ族にとって良い答えを聞くことが出来た。それもこれもユート殿とロック殿のおかげだ」

みんなが待つギルドへの帰り道で族長が言った。

「いやぁ、まさか俺の幼馴染が女王になってるなんて考えもしませんでした。でも、彼女なら俺がいなくても、族長さんの言葉をちゃんと聞いてくれたと思います。本当に素直でいい子なんです」

「ああ、話していてわかったよ。一応は対等な立場として会話をしたが、ところどころで思わず膝《ひざ》をついて頭を下げそうになった。そんな姿を同胞《どうほう》に見られたら、また王国に対して弱気だと不満が出るだろう……。だが、敵意をむき出しにして接するよりずっとマシだ。力による支配を目指せば待っているものは『破滅《はめつ》』……。我々にとって学びの多い時間だった」

族長は暗殺の応酬《おうしゅう》で死んでしまった王族たちのことを言っているのだろう。

ジューネ族の内部で起こったいざこざよりも、ずっと研ぎ澄まされた悪意が起こした悲劇……。

でも、ここまで来ると喜劇にも聞こえる。

サザンカさんの表現は王家に仕える者としてはちょっと不適切だが、とても端的《たんてき》だった。

だがしかし、結果的には死人がたくさん出ているわけで、残された家族の悲しみは計り知れない。

そして、その悲しみは場合によって怒りや恨みに変わり、その矛先《ほこさき》は女王となったリィナに向かうかもしれない……。

俺に彼女を支えられるだろうか？

権力を欲する王族たち、その骨肉の争いから守れるのだろうか……。

「クー！」

ロックがよじよじと俺の体を登り、肩に乗っかって来る。

「クゥ！」

「ふふっ、そうだな。俺とロックなら出来るさ」

戦うべき時が来たら戦うまでのことさ。

それまでは冒険者として牙《きば》と刃《やいば》を磨《みが》いておこうじゃないか。

「族長さんはしばらく王都に滞在するんですよね？」

「ああ、ラコリィナ女王が用意してくれた者たちと顔合わせくらいはして帰りたいのでな」

「では、その間はうちのギルドに泊まるのはどうですか？　もちろん、王都には良いホテルがたくさんありますし、そっちに泊まるのも全然アリだと思います」

「いやぁ、王都は少々きらびやか過ぎるのでね……。ユート殿のギルドの方が落ち着きそうだ。しばらくの間、ご厄介《やっかい》になろうと思う」

「ええ、ぜひ！」

こうしてギルドに帰って来た俺たち。

だが、受付にキルトさんの姿はなく、同僚《どうりょう》のシウルさんも一緒に王都に来たフゥもいない。女性陣でお茶にでも出かけてるのかな？

「クゥ！」

「あ、ロック！」

ロックは奥の訓練所の方へ走っていく。

それを追って訓練所へやって来た俺と族長が目にしたのは……散らばったフゥの武器であるマギアガン、そして地面に転がされたフゥの姿だった！　そばにはキルトさんが立っている。

「な、何が起こったんですか……！」

「おお、ユート、帰ってきたか」

返事をしたのは他でもないフゥだった。

むくりと起き上がり、白いローブについた土を払う。

そして、俺に向かってこう言った。

「ユート、私はこのギルドに入ろうと思う」

「……へ？」

女の子って、いつも突然で大胆で……俺を困らせるんだ。

「とりあえず、順序立てて説明してくれないかな？　どうしてこんな戦った後みたいになってるのか……」

「それはもう戦ったからに決まっている」

「えっ、誰と？」

「そこにいるキルト殿とだ」

さも当然のことのように言い放つフゥ。

逆にますます混乱した俺は、キルトさんに答えを求める。

「本当なんですかキルトさん？」

「うん、戦ってほしいって言われたからね。もちろん、手加減はしたよ？　武器は使ってないし、魔法だって最低限しか使ってない」

「でも、なぜまたそんなことに？　喧嘩《けんか》でもしたんですか？」

「まっさか！　流石にまだ自分の半分も生きてない女の子と喧嘩して暴力を振るったりしないよ！　ただ、自分の力を試したいって言われたから……練習試合みたいなものだね！」

自分の力を試したい……か。

フゥにキルトさんを紹介した時、俺や魔鋼兵《まこうへい》よりずっと強いことを教えた。フゥはそれを聞いて、その力がどれほどのものか試してみたくなったたってことか。

そして、結果は……見ての通りってわけだ。

「まったく強さの底が知れなかった……。私だけ武器を使ったにもかかわらずな」

フゥは悔《くや》しそうな顔をしている。

山で磨いた身体能力、自分で作った武器の数々、どちらも自信があったのだろう。

でも、キルトさんの戦いを見たことがある俺からすれば、負けたところで落ち込む必要がない相手だということはわかっている。

「キルトさんには及ばなくても、フゥは十分強いよ。それこそ俺が今まで出会った冒険者の中で、フゥより強い人を探すのが大変なくらいにはね」

弱冠《じゃっかん》12歳で並の冒険者よりずっと動けることをフゥは誇るべきなんだ。

俺が12歳の時なんて、何をしていたのか思い出せないもんなぁ～。

「……で、そこからなぜギルドに入るという話に？」

俺は一番の疑問を口に出す。

その答えはフゥ本人から語られた。

「外の世界でやりたいことを見つけたからだ。それを実現するために、このギルドの力を借りたい。ユートが信じるギルドなら、私も信じることが出来る」

「フゥがやりたいこと……俺にも聞かせほしい」

「もちろん、最初から聞いてもらうつもりだ」

この場にいる全員の視線がフゥに集まる。

それに気づいたフゥは、少し表情を固くしながら話し始めた。

「ジューネ族はこれから開放的になっていくだろう。出て行く者を強く引き留めることはないし、戻って来る者を拒《こば》むこともない。観光のために外の世界へ出ることだって許されるようになる。だが、それだけでは本当の意味で開放されたとは言えない。村しか知らない者にとって、外の世界は興味よりも恐怖の対象だからだ。許されたとて、味方がいない土地へ踏み出そうなどとは考えない。そういう役割でもない限りな」

外へ出てもいいと言われたって、何が待ち受けているかわからない場所に行こうなんて考えない……か。

好奇心旺盛なフゥですら、族長の娘として国王に直談判《じかだんぱん》するという目的がなければ、外の世界を目指すことはなかったわけだからな……。

「私自身はユートと出会って、外の世界への興味が恐怖を上回った。だから今、ここにいる。私には味方がいるから、ここにいることが出来る。ならば、今度は私がみんなの味方になる。私が……外の世界への扉を開く！」

フゥが外の世界にいることで、他のジューネ族の人々も一歩踏み出しやすくなる。

外の世界で困ったことがあったら、フゥに頼ればいいと思える。

そうなれば、きっと王国との交流が盛《さか》んになって、相手を知らないことからくる恐れはなくなる。

もちろん、交流が増えればトラブルも増えるだろう。

王国の転覆を図ったヴィルケのように、ジューネ族内に王国を恨む者がまた生まれるかもしれない。

それでも、交易隊《こうえきたい》みたいな一部の人間だけに外の世界との交流を任せるのではなく、ジューネ族全体で関わり合えば、恨みや怒りの感情を共有し、解決方法を探れる。

自分の中だけに怨嗟《えんさ》を抱え込むから、その感情はどんどん増幅されていくんだ。

そして、激しい感情のままに極端な手段を選択してしまう……。

フゥは二度とヴィルケのような存在を生み出さないために、自分がまず外の世界に立ち向かうと決めたんだ。

「やっぱり立派だな、フゥは」

俺は素直な気持ちを口に出す。

その日その時の仕事を真剣《しんけん》にやってても、俺にはその先の大きな目標がない。

手に入れた現在の環境に、満足しているところがある。

でも……そんな俺でも誰かの夢を応援することは出来る。

「君がやりたいこと、俺にも手伝わせてほしい。そんな大したことは出来ないかもしれないけど」

「ふっ、何を言うか。これからも頼りにしているぞ、ユート」

自分の腰に手を当てて胸を張るフゥ。

その顔は自信に満ちあふれていた。

「父様もわかってくれるな？」

娘にそう尋ねられた族長は静かにうなずく。

「こうまで言った娘の夢を、父親の私が否定するわけにはいかない。もちろん、私もよく知らない外の世界に娘を住まわせるのは不安だが……ユート殿がいるから許すことが出来る。何卒《なにとぞ》、我が娘をよろしくお願いする……！」

族長は俺に頭を下げる。

他人の子どもを預かれるような人間じゃないかもしれないが、ここで言うべきことは1つだ。

「ええ、任せてください！」

これはフゥの夢を支えるという覚悟だ。

出来る、出来ない……じゃなくやってみせるという決意の宣言なんだ。

だが、ここで大事なことを1つ忘れていることに気づく。

ギルドマスターのキルトさんから、フゥの加入を認める言葉を聞いていない……。

「あの、キルトさん……」

「大丈夫、大丈夫！　そんな不安そうな顔をしなくても、私はフゥちゃんの加入を認めるつもり

るさ」

「強い使命感はもちろんのこと、彼女には洗練された体術と魔法がある。きっと良い冒険者になれるさ」

「よかった……！」

だよ」


その後、キルトさんは族長といくつか言葉を交わした。

最後には「責任を持って娘さんを預かります」と力強く宣言し、族長を安心させていた。

そして、族長はついでに、訓練所の隅っこにいたシウルさんにも挨拶《あいさつ》をした。シウルさんがいたことに、俺は気がついていなかった……。

「シウル殿、娘をよろしくお願いする！」

「え、ええ！　私もギルドの新入りみたいなもので、戦闘能力は娘さんに及ばないかもしれませんが……年上の女性として支えることは出来ると思います！　精一杯頑張りますわっ！」

シウルさんの目が若干泳いでいるのは、目の当たりにしたフゥの戦闘能力にビックリしたからだろう。

年下の女の子が自分よりも圧倒的に強いなんて、動揺するのも無理はない。いたたまれなくなって気配を殺していたのかもな。でも、シウルさんには俺と違って魔法の才能があるし、成長速度は人それぞれ。彼女もいずれ驚くほど強くなるかもしれない。

なにはともあれ、この日『キルトのギルド』に5人目のメンバーが加入した。

その名はフゥ・ジューネ。王国の最北で暮らすジューネ族を導《みちび》く族長の娘。鍛《きた》えられた小さな体に確かな夢と氷の魔法、魔法道具を自作出来るほどの頭脳を詰め込んだ才女だ。

「俺たちも油断してたら置いていかれそうだな、ロック」

「クー！」

気合を入れているのか、はたまた遊び相手が増えて嬉しいのか、ロックはしっぽをぶんぶん振っている。

これからギルドが賑《にぎ》やかになりそうだ。

その日の夕食はギルドの中で食べることになった。

ジューネ族はこれから外の世界との繋がりを増やしていく……とはいえ、いきなり目立つ場所での食事は落ち着かないだろう。

すべてが上手くいったとはいえ、族長は国王との謁見を終えた後だし、フゥは初めて来た王都だ。まずは周りの視線がない落ち着いた場所で、外の世界の食べ物を味わうのも悪くない。

まあ、その食べ物を作るのは俺なんだが……。

「それなりに料理に慣れているという自負《じふ》はありますが、しょせん素人《しろうと》ですから期待し過ぎないでくださいね」

そう断りを入れつつ、作っていく料理は……ずばり揚げ物《フライ》だ。

植物の種から採《と》ったばかりの新鮮な油が手に入ったから、それを大胆に使っていく。

まずは小さいじゃがいもをよーく洗って水気《みずけ》を切り、そのまま油の中に投入して素揚《すあ》げにする。

じっくり揚げてから皿に盛り付け、塩を振ったら完成だ。

シンプルだけど、何だかんだこいつが一番やみつきになる！

「おぉ……小さないもを油にくぐらせただけで、こんなに美味《おい》しそうに見えるとは……」

フゥはキッチンの中に入って来て、俺の調理工程を見守っている。

まあ、人に見せられるほど手際《てぎわ》の良い調理ではないんだが。

「フゥは村でどんな料理を食べてたの？　揚げ物をかなり珍しそうに見てるけど」

「ジューネ族と言えば、やはり煮込み料理だな。古代の技術を活用することで家の中の寒さはだいぶ軽減出来ているが、それでも寒い時は寒い。ぐつぐつ煮込んだシチューなどが視覚的にも温度的にもありがたいものだ」

「それは俺にもよーくわかるなぁ～」

「山のふもとは気温が低く、食材が新鮮に保存しやすい環境ではあるが、そんなことはお構いなしに火を通して煮込む……！　野菜を含め、あまり生食《なましょく》は好まない。それがジューネの流儀《りゅうぎ》だ。今思えば、毎日似たような物を食べていた気がするが……どうにも食材の旨味《うまみ》がすべて溶け込んだスープやシチューは美味《うま》い……！　寒いと特に！」

「うんうん、その感覚は外の世界の人間も一緒さ」

食に関する感覚が近いなら、お互いの文化への理解は早い。

ジューネの流儀に基《もと》づいた、体が芯《しん》から温まる煮込み料理を提供する店が王都に出来る日もそう遠くない……とか考えてみる。

その店の問題は、暖かい時期をどう乗り切るかだな……！

そんな妄想《もうそう》を膨らませつつ、じゃがいも以外の野菜もサッと揚げていく。

肉類は小さく切り分けてから串に刺し、衣をつけて揚げていく。衣に使うパン粉は細かい物が好みだ。粗《あら》いやつは噛《か》んだ時の音が良くて見た目も豪快《ごうかい》だけど、油断すると口の中にダメージを負う。

今回は初めて料理を振る舞う相手なので、無難に細かいパン粉を使っている。

「よし、ある程度は揚がったな。最初に揚げた物が冷めないうちに乾杯《かんぱい》だけしておこう」

どんどん揚がった物から食べてもらう……これが揚げ物の理想だ。

冷めることが他の料理に比べて致命的だからな。

出来上がった分の揚げ物をホールまで運び、テーブルの上に載せ、俺は席に着いた。

「今日の乾杯の音頭《おんど》はユートくんにとってもらおうかな」

キルトさんが急に無茶ぶりをしてくる。

でも、流れを考えれば当然ではあるか。

族長やフゥがここにいる理由は、俺にあるんだからな。

「え、えっと……では、新たなメンバー、フゥの加入と、王国とジューネ族の友好を願って……」

「待った待った！」

待ったをかけたのはシウルさんだ。

片手に持ったジョッキには、何らかの酒がなみなみと注《そそ》がれている……。

「もう1つ、ユートとロックの優勝も祝っとかないと！　勲章まで貰《もら》ってるんだから、すごいことだよ！」

「ああ、確かにそれもありましたね」

「色々あったから仕方ないとはいえ、本当についでみたいな扱いね……」

「いやぁ、レース自体も想定外のことだらけだったのに、勲章授与の時すら予想外の塊でしたから、どうしても結果そのものの印象が薄く……。でも、シウルさんの言う通りです。これも祝うべき偉業……と自分で言うとあれですが、とにかく俺とロックと、非公式ながらフゥの『クライム・オブ・ヒーメル』優勝も祝って……乾杯っ！」

俺の掛け声に合わせて、みんなの乾杯の声が響く。

ロックも器用に前足でグラスを挟《はさ》み込むように掴《つか》み、みんなと乾杯している。

族長とフゥも乾杯には普通に反応していたので、ジューネ族にもこういう文化はあるようだ。

住む場所が違うだけで、そんなに遠くない存在。

テーブルを囲んで食事をするだけで、お互いに理解し合えることは多い。

……と、乾杯の後にテーブルから離れ、キッチンで1人残りの具材を揚げながら俺は思った。

「ユート、そろそろ席に着いて一緒に食べないか？」

「クー！」

しばらくして、肩にロックを乗せたフゥがキッチンにやって来る。

彼女の白い髪とロックの紅色のウロコのコントラストは鮮やかで、何だかお似合いのコンビに見える。

「ああ、今揚げてるので終わりだから、すぐにそっちに行くよ」

白身魚の揚げ物を皿に盛り、魔動コンロの停止を確認した後、俺はみんなが待つホールに向かった。

このホールに置かれたテーブルや椅子《いす》は、本来任務に向かう冒険者たちのミーティングや、仕事内容について依頼者と詳《くわ》しいやり取りを行うために使われるものだ。

しかし、俺たちが所属している『キルトのギルド』は、所属冒険者が少なく、依頼を持ち込んで来る人が皆無《かいむ》だ。そのため、これらの家具は食事や雑談、ロックがお昼寝をする場所として使われている。

今日は来客をもてなすために使っているから、まあ……まだ本来の用途《ようと》に近いかな。

「お待たせしました。この白身魚の揚げ物で最後です」

テーブルの上の空いているスペースに皿を置く。

先に運んだ大量の揚げ物はその数をかなり減らしていた。そのうえで俺の食べる分は十分に残っている。

調子に乗って作り過ぎたかなと思っていたから、これは嬉しい誤算《ごさん》だ。

まあ、たとえ自分の食べる分が無くなっていたって、それだけの勢いで食べてもらえたなら、作った側としては十分に嬉しい。

なんて考えていると、俺の腹が反論するように「グゥゥ……!」と鳴った。

「グゥゥ……!」

ロックがその音を真似《まね》する。

はい、流石にカッコつけ過ぎました……。

俺もお腹は空いているし、自分の分がちゃんと残っていて嬉しい!

「改めて……いただきます!」

最初に今揚げたての白身魚の揚げ物をザクッザクッといただく。

「う~ん、美味い!」

新鮮な油と細かいパン粉を使っているから、食感が軽い!

火の通り方も完璧だし、我ながら腕を上げたなと思う。

テーブルにはシウルさんが王都の中心街で買って来た各種ソースが揃《そろ》っている。どれもシャレた瓶《びん》に入っていてお値段が気になるが……今は気にしない。

良い調味料が高級品というのは常識だが、食べる時はその味だけを純粋《じゅんすい》に楽しもう。

それに食事の最中に楽しむのは、食べ物だけじゃない。

少々行儀《ぎょうぎ》は悪いけど、みんなとの会話も楽しいものだ。

俺が椅子に着いて最初に挙がった話題は……俺の幼馴染にして新女王——ラコリィナ・バーム・ヘンゼルのことだった。

「それにしても……もぐもぐ……新女王がユートの幼馴染だったとはな」

フゥが揚げ物を呑《の》み込み、また次を食べるまでのわずかな時間を使って話しかけて来る。

王都に来る前はこんな食べ方をしていなかったから、それだけ俺の料理が美味かったのか、はたまた新女王のことが気になるのか……。

かく言う俺も食べるのに夢中になっていたが、一旦手を止める。

新女王ラコリィナと来年以降の『クライム・オブ・ヒーメル』について、フゥが『キルトのギルド』に加入することが決まった後でみんなに話した。

その時のみんなの驚いた顔といったら……。あのキルトさんですら「意味がわからない」って顔をしていたもんなぁ～。

フゥも「私のことよりそっちの話を優先すべきだったな」って真顔で言ってたし。

まあでも、誰より驚いたのは……。

「いやぁ、一番驚いたのは俺だよ。びくびくしながら会いに行ったら、見慣れた女の子がそこにいたんだからさ」

今も正直、夢か幻《まぼろし》だったんじゃないかと思わなくもない。

それほどまでに、あの状況は現実味がなかった。

「でも、間違いなく現実なんだろうな……」

自分に言い聞かせるように、そうつぶやく。

ある日、突然お姫様になった女の子と言えば、おとぎ話のようで聞こえはいい。

だが、実際は醜い暗殺合戦によって他の後継者が死に絶えた王家を継《つ》いだに過ぎない。

果たして、それがリィナにとって幸せかどうか……。

「辞退することは出来なかったのか？　血の繋がりがあるとはいえ、つい最近まで王家に連《つら》なる者と認識されていなかったのだ。内々に処理をすれば、国民に真実を伝えぬまま別の王を立てることも出来たはずでは？」

もっともな疑問を述べるフゥ。

彼女もいずれ1つの部族をまとめることになるかもしれないだけあって、十分な知識を持っているようだ。

忙しく食べる合間に話しているけど、その姿勢は真面目《まじめ》……のはずだ。

なので、俺も相応に真面目な回答を述べる。

「王家の仕組みはよくわからないけど、おそらく拒否しようと思えば出来たと思う。でも、リィナはそれをしなかった。昔から直感が鋭《するど》くて、今回も自分が女王であることを、自分なりに認めたんだと思う。そうした方が良い……ってね」

その結論に至ったプロセスは、おそらく本人にもわかっていまい。

彼女の直感は過程を飛ばして答えだけを導く。

周りの人が首をかしげる中で、彼女はその答えを強く信じる。

それがリィナという少女だ。

「ふむ……。まあ、王家に仕える者たちからすれば、いきなり王の孫の世代に飛ぶよりは、無難《ぶなん》で良い着地点なのかもしれんがな。とはいえ、年齢的には孫と変わらんか……」

「そうだね。リィナは前国王が歳を取ってから出来た子らしいし、暗殺で亡くなった他の王子たちの子どもは、何ならリィナより年上かもしれない」

「それはもう……あからさまに火種《ひだね》だな。孫たちから見れば、王位を継いだ同年代のぽっと出の女は、自分たちと同じように歳を取る。病気や事故で早死にしてくれない限り、その女が亡くなる頃には自分たちも相当に年寄りになっている。しかも、女が子を生《な》せば継承順位はそちらが上だ」

フゥ……思った以上に詳しいな。これだけスラスラと言葉が出て来るとは。

部族の長《おさ》の娘は、言ってしまえば狭《せま》い範囲での王族のようなものだ。親から子へ権力が受け継がれる。

俺みたいな平民にとっては遠くに感じる話も、フゥにとっては身近な話なのかも……なんてことを考えつつ、彼女の話の続きを聞く。

「もし、そのリィナという新たな女王を守ろうと思うなら、今は亡き王子たちの妻や子に注意すべきだ。それも第一王子に近しい者たちは特にな。リィナが出て来なければ、第一王子の子息が玉座に座っていた可能性が高い。目の前で王位を奪《うば》われた……そう思われても、おかしくはないのだ」

「確かに……」

第一王子の妻や子どもたちが現在どうしているのか、俺は何も知らない。もっとサザンカさんに深掘りして聞いておくべきだったか……。

いや、そもそもサザンカさんが本当に信用出来る人物なのかすら、俺にはわからないんだ。あのリィナが信頼を置いているなら、きっと大丈夫なんだろうけど……。

でも、あの状況で冷静になれってのも酷《こく》な話だぞ！

「ふふっ、ふふふふ……っ」

突然、キルトさんが笑い出した。

疑問に思う全員の視線が彼女の方に集まると、キルトさんはハッとして口を開いた。

「いや、フゥちゃんってしっかりしてるなぁ〜って。これはうちのギルドにまた期待の新戦力が入ったなぁ〜って思って、嬉しくて笑っちゃった！」

ああ、そういう笑いか……。

俺の詰めの甘さを笑われたんじゃなくて、本当に良かった！

キルトさんの言葉を聞いて、照れ臭そうに笑うフゥ、自慢げな族長、そして真剣な表情のシウルさん。

「私も何か一芸《いちげい》を身につけたいわね……」

シウルさんはそうつぶやいた。

その意識は非常に良いことだけど、焦《あせ》りを感じる必要はないと思う。

キルトさんが言った「期待の新戦力」の中には、シウルさんだって含まれているのだから。


その後、揚げ物パーティーは和《なご》やかな空気のまま終わった。

作った料理も全部食べてもらえて嬉しい限りだ。

後片付けは客人である族長を除いた全員――つまり『キルトのギルド』のメンバー全員で行う。

フゥは今日入ったばかりだし、別に休んでいても良かったんだけど、本人から「私はもう客人ではない。このギルドの一員だ」なんて言われちゃったら仕方ないよね。

テーブルの掃除に皿洗い、調理に使った道具の後片付けや油の処理を分担してやっていく。

その中で俺は自分の使った揚げ油の処理を担当する。

まあ、処理といっても捨てるのではなく、揚げカスなどを取り除き、他の容器に移し替え、密閉して保管するんだ。

かなりの量の食材を揚げたが、元々がかなり新鮮な油……1回の使用で捨てるのはあまりにももったいない。

1週間以内にあと1回くらいならまた揚げ物が出来そうだし、何かを炒《いた》める時の油として使ってもそこまで気にはならないはずだ。

油の処理が終わり、揚げる時に使った鍋を洗ってもらおうと流し台の方を見ると……。

「加減……加減……加減……」

皿洗い担当のキルトさんが「加減」という言葉をつぶやきながら、ゆっくりと皿を洗っていた。

水魔法を得意とするキルトさんなら、皿洗いもサクッと終わらせてくれそうと思っての抜擢《ばってき》だったが、彼女の魔法は攻撃《こうげき》特化で、下手をすると水で皿を割ってしまうらしい。

そのため、普通に水を流しながら、一枚一枚丁寧に皿を洗っている。

ただ、皿を持つ手も集中し過ぎると力が入って、指の力で皿を割ってしまうとか……。

強い力を持つってのも大変だ……。

「頑張れ……！　頑張れ……！」

キルトさんの隣で応援しているのはシウルさん。彼女は洗い終わった皿の水気を拭き取り、あるべき場所へ収納するのが役目だ。こちらは流石に問題なくやれている模様。

フゥはテーブルとその周りの掃除だ。ホールには族長がいるから、きっと親子水入らずの会話をしながら頑張っているだろう。

となると、後は……。

「クー！　クー！」

ロックが俺の目の前を飛んで、その存在をアピールしてくる。

自分だけ何もやらせてもらえないのが不満なんだろう。

「大丈夫だ、ロック。お前にもちゃんと仕事がある！　ゴミの焼却《しょうきゃく》処分っていうロックにしか出来ない最後の仕事がな！」

「ク〜！」

それを聞いたロックは納得したようで、おとなしく床に着地した。ずいぶんと空を飛ぶのが上手くなったけど、やっぱり地面を歩く方が楽みたいだ。普段は今まで通りテクテクと4本の脚で駆け回っている。

そんなこんなでギルドのメンバー全員が仕事をし、片付けは比較的短時間で終わった。

役割分担って……良いものだな！　過去に所属していた悪徳ギルド『黒《くろ》の雷霆《らいてい》』では、すべての作業が俺1人に押しつけられていた。その頃とは大違いだ。

片付けが終わった後は、みんなそれぞれの部屋へと引き揚げていく。

王都に来たばかりの族長とフゥは相当疲れているだろうからな。

早めに休むように促《うなが》しつつ、困ったことがあったら遠慮なく俺を叩き起こしてほしいとみんなに言っておく。

俺は俺で北の街から帰って来たばかりで疲れているから、ちょっとやそっと声をかけられたくらいじゃ起きない自信がある。

ゆえに「叩き起こしてくれ」……だ。

「久しぶりの自室は落ち着くなぁ～」

「ク～」

俺は自室のベッドに座り、ロックはテーブルの上に乗っかって伸びをする。

旅の終わりは帰って来た自分の家の良さを再確認することで締《し》めくくられると、何かの冒険記で読んだことがあるが、まさにその通りだと思う。

第二の故郷とも言える『キルトのギルド』の1号室は、俺にとって最高の癒《い》やし空間だ。

「……おっと、カーテンが開きっぱなしじゃないか」

王都の通りに面した窓のカーテンを閉めるべく、俺は立ち上がる。

この時間ともなると、下町をうろつく人もあまり……。

シュル……シュルシュルシュル……シュル…………。

「な、なんだ……？」

外から窓の隙間《すきま》を通って、白く細長い布のようなものが室内に入り込んで来る。

「これは……包帯？」

「はい、その通りです」

突然ぬっと窓の向こうに現れたのは、包帯だらけの女性だった！

俺は驚き、悲鳴も上げられないまま腰を抜かす。

「あ、申し訳ございませんユート様。このような訪《たず》ね方になってしまい」

「え、あ……あなたは……サザンカ……さん!?」

「はい、サザンカ・サザーランドでございます」

リィナの身辺警護を担当するメイドさん……。

クラシカルなメイド服に身を包み、肌のほとんどが包帯に覆われている。

彼女は今、その包帯を触手《しょくしゅ》のように操り、窓の内側に張りつかせることでロープのように固定し、2階までよじ登って来たんだ……！

ツッコミどころが多過ぎて、何から触れていいのかわからない……。

いや、身辺警護を担当する彼女がいきなり俺のところへ来たってことは、聞くべきことは1つ！

「リィナに何かあったんですか!?」

「いいえ、特に何も。ディナーもすべて平《たい》らげておられました。健康そのものです」

「そ、そうですか……」

とりあえず、良かった……。

徐々に落ち着きを取り戻した俺は、立ち上がって再び窓に近寄る。

「中に……入りますか？」

「ええ、お願いします」

窓を開いてサザンカさんを中に招き入れる。それと同時に、自分の武器がどこに置いてあるのかを確認する。

俺は彼女のことをほとんど知らないし、訪ねてきた理由も見当がつかない。

場合によっては……身を守る必要があるかもしれない。

「重ね重ね申し訳ございません。夜分《やぶん》遅くに、こんな訪ね方をしてしまって」

「ああ、それは……別に気にしてませんよ」

本当は結構気になったけど、今は彼女がここに来た理由を聞く方が大事だ。

「それでご用件は……」

「ラコリィナ様を守る者として、ユート様と1対1でお話がしたいと思いました。そう、謁見の間では出来なかった、さらに深い話を……。今現在、ラコリィナ様がどういう状況に置かれているのか、ラコリィナ様がどういうお考えを持っているのか……。それを私の口から直接伝えるべく、馳《は》せ参《さん》じた次第です」

「そう……ですか」

サザンカさんから敵意は感じられない。

ロックも大きなあくびをして、眠たいことを隠さない。警戒すべき相手の前で、こんな行動はしないはずだ。俺は警戒を解いてベッドに腰を下ろす。

「ぜひ、聞かせてください。あと立ち話もなんですので、どうぞお掛けください」

「では、失礼して……」

サザンカさんも椅子に腰掛ける。

すると、当然テーブルの上にいるロックとの距離は近くなる。

いつもなら何かしらのリアクションを起こすロックだが、今日はもう眠いのか視線をサザンカさんに向けるだけだ。

「ドラゴン……か。生きているうちに会えるとは思わなかったな」

そうつぶやいて、ロックの頭を撫《な》でるサザンカさん。

包帯で隠されていない右目は、好奇心旺盛《こうきしんおうせい》な子どものようにキラキラ輝いていて、この瞬間だけ彼女の素《す》が見えたような気がした。

……ん？　見えているのは右目……？

確か謁見の間の時は右目を隠して、左目を見せていたはず……。

「では、現在ラコリィナ様が置かれている状況からお話ししましょう」

視線をこちらに向けた時には、彼女の表情は真顔に戻っていた。

むぅ……なんともミステリアスな人だ。

リィナのことだけじゃなく、彼女自身のことも聞かせてもらいたいところだな。

「今、王城の中にラコリィナ様を慕《した》う者は……それなりにいます」

「それなりに……いるんですか？」

俺は思わず聞き返す。

いくら国王の実子《じっし》とはいえ、いきなり出て来た田舎娘であることに変わりはない。

てっきり、周りは敵だらけと思っていたんだが……。

「まあ、味方がいるのは良いことなんですが……どうして、そんなことに？」

「一番の理由は、やはり亡くなられた王子や王女の評判が悪かったことでしょう。彼らに仕えるくらいなら、王としての能力が未知数でも、純粋で優しいラコリィナ様の方がいいと考える者がいるのです」

「なるほど、暴君の僕《しもべ》になるよりはマシって考え方ですね」

「若者ほどその考えの者が多いように感じます。王家に仕える家系に生まれたからといって、歪《ゆが》んだ王に命を捧《ささ》げたいとは思わない……。ワタクシもその1人です。でも、ラコリィナ様はとても気《き》丈《じょう》で、聡明《そうめい》で、博愛《はくあい》の心を持ったお方です。ワタクシは今、自分の意志でラコリィナ様に尽《つ》くしたいと思える……！　ただ決められた通りに生きるだけだったワタクシの人生を、あのお方は変えてくださったのです。さながら、白馬に乗った王子様がいきなり目の前に現れたようなときめき……。あぁ、ワタクシはラコリィナ様と出会うため、サザーランド家に生まれたのです！」

頬《ほお》を赤らめながら、もじもじとしているサザンカさん。

誰かに言われた通りに、ただ漠然《ばくぜん》と生きるだけだった人生を変えてくれた白馬の王子様……か。

そりゃ、リィナを慕ってくれるわけだな。

それはつまり、俺にとってのロックや、キルトさんみたいな存在なんだ。

人生を変えてくれた存在のために働きたいと思うのは、当然の流れだと思う。

俺の中で今、サザンカさんは信頼出来る人間になりつつある。

こうしている今もなお、自分の世界に入り込んでリィナを褒《ほ》め称《たた》える言葉をぶつぶつ言い続けている姿が演技とは思えない。

「あの……サザンカさん。そろそろ話の続きを……」

「ハッ……！　ワタクシとしたことが、ラコリィナ様のことになるとつい……」

ちょっと愛が重過ぎる気もするが、これを忠誠心《ちゅうせいしん》だと考えれば、より信頼出来る。

サザンカさんは「コホンッ」と咳払《せきばら》いをし、話を本題に戻す。

「えっと、先ほど慕う者はそれなりにいると話しましたが、その一方で、ラコリィナ様を認めていない者も相応にいるのです。特に年寄りども……あ、長年王家に仕える者からの反発は大きいです。ラコリィナ様が粛清《しゅくせい》を行わないのをいいことに、公然《こうぜん》と不平不満を口にしています」

「まあ、そういう問題も出ますよね……」

「サザーランド家も内部では意見が割れています。ただ、我が家はまだ静観している方で、王家に仕える他の家の中には、亡くなられた王子たちの妻や子との繋がりをさらに強めているところもあると聞いています。このままでは、いずれ衝突《しょうとつ》することは避けられないかと……」

「また暗殺で王位を争うことになる……か」

ここまでは凡人の俺にも予測出来る事態《じたい》だ。

問題はどうやってそれを回避するかだが……。

話し合って解決する気はしないし、平民の俺が間に入れる気もしない……。

うつむいて考え込む俺に、サザンカさんは穏《おだ》やかな声で言う。

「とはいえ、すぐには行動を起こさないと思います。今の状況はどの勢力にとっても想定外のもの……。本格的に王位を争う前に、次に担《かつ》ぎ上げる人物の選定や、それを後押ししてくれる支援者を揃える必要があります。逆に言えば、今のうちに我々はラコリィナ様こそが王にふさわしいと、国民に知らしめる必要があるのです」

国民の支持を得れば、容易には殺せなくなる……か。

人気のある王を殺したところで、その証拠《しょうこ》を掴まれ真実が暴《あば》かれたら、国民は暗殺の指示を出した人物を王と認めるわけないもんな……。

実際、亡くなった先代国王は温厚な人物だったと聞く。

あまり表立って行動する人物ではなかったから印象が薄かったが……今ならより胸を張って先代の王は名君だったと言える。

なぜなら、父である国王が亡くなってすぐに殺し合いを始めた者たちが、少なくとも父が生きている間はおとなしくしていたからだ。

俺の憶測も入っているが……血の気の多い子たちも、父を暗殺して権力を手に入れるのは不可能だと判断したんだ。

それだけ、多くの人に支持されていた王だったんだと俺は考える。

しかし、そんな王の落胤《らくいん》――平たく言えば隠し子のリィナが同じように民衆の支持を受けるために何が出来るのか、俺には皆目《かいもく》見当がつかない……。

正直、本当に王家の血を引いているのか、不審がっている人が大半ではなかろうか……。

俺が頭を悩ませていると、サザンカさんは今リィナが頑張っていることを話し始めた。

「ラコリィナ様は演説の経験がないにもかかわらず、王位を継いですぐに城の中庭に王国の民を出来る限り招いて、自分自身の言葉をお伝えになりました」

王位を継いですぐということは、俺がまだ北にいた時の話か。

「はたから見れば怪しげな出自……集まった国民からは心無い言葉を浴びせられることもありましたが、ラコリィナ様は『王に直接暴言を吐けるなんて平和な国だね！』と、演説の後に笑顔を見せていました。しかし……本当はとても動揺しておられるのがわかりました」

それが当然だ。暴言を言われ慣れている俺だって、聞き流すことが上手くなっても、心の痛みが消えるわけではないんだ。それを田舎で平和に暮らしていただけのリィナが……。

俺の前では明るく振る舞っていたけど、あれは俺を心配させまいとした強がりだったのか……。

「それ以降、ラコリィナ様は国民の前に出ていません。しかし、出自が怪しまれている以上、先代国王のように静かに職務をこなすだけでは印象が好転しないでしょう。何としても前に出る勇気を……！　そう思っていた時、ユート様が現れたのです」

深刻な表情をしていたサザンカさんの顔がフッと緩《ゆる》んで笑顔を見せる。

「ユート様が帰られてから、ラコリィナ様はどんどん表に出る職務の予定を組んでいます。ユート様との再会が、ラコリィナ様に立ち向かう勇気を与えたのです」

……きっと、リィナも不安だったんだろう。それは女王として王都に呼ばれた時からではなく、2年前に俺が家を飛び出した時からずっと。

安否を知らせる手紙すら送らず、俺はちっぽけなプライドを守っていた。そんな俺との再会を喜んで、困難に立ち向かう力にまでしてくれる家族がいるありがたさ。それが今、心の底から実感出来た。

「ラコリィナ様はユート様と再会出来たことを、心の底から喜んでおられます。それはあなたが思っている以上に強い喜び……。でも、それを直接伝えるのには、恥じらいがあるのです。だからこそ、従者であるワタクシがユート様に伝えに来ました。これは知っておいた方が良いことだと……そう思いましたから」

「ええ、ありがとうございます……サザンカさん。リィナの本当の気持ちを聞けて良かったです。俺、もっと気を引き締めます！　自分に大したことは出来ないかもしれませんが、それでもリィナが頼ってくれるような兄でいようと思います」

「とても心強いお言葉です。我々の味方はいないわけではありませんが、決して多いとも言えません。いずれユート様やお仲間の力を借りる時が来ると思います」

そう言うと、サザンカさんは椅子から立ち上がった。

「ラコリィナ様のお気持ち……確かにお伝えしました。最後に何かユート様からラコリィナ様へ伝えたいお言葉はありますか？」

サザンカさんはもう帰るつもりか……。

なら、彼女自身のことを聞くのは今しかない。

「あ、よろしければ帰る前に、サザンカさんのことを聞かせてくれませんか？」

俺はいたって普通にそう言った。

……つもりだったのだが、サザンカさんはギョッとして、そのまま動かなくなった。

そして数秒後、顔を真っ赤にしながらグイッとのけ反《ぞ》った。

「お、およよよ……っ！　まさか本命はワタクシだったのですかっ……⁉」

「ほ、本命って何の話ですか⁉　俺はまだあなたのことをよく知らないから、これから協力するうえで最低限のことは知っておきたいと思っただけですよ！　ほら、その触手みたいに動く包帯のことも全然わかりませんから……！」

サザンカさんの体に巻き付いていた包帯が緩み、波に揺られる海藻《かいそう》のように動いている。

彼女の精神状態と連動しているのか⁉

「あ、ああ……え？　なんだ、そういうことでしたか……。お騒がせしてすみません。ちょっとした若気《わかげ》の至《いた》りです」

「は、はあ……」

ちょっとした若気の至りとは一体……と思っていると、緩んでいた包帯が再びピシッと彼女の体に巻き付いた。

やはり精神と連動して動いている……。

あの包帯は怪我の治療《ちりょう》のために巻かれているのではない。何かしらの魔法道具なんだ。

「ユート様のおっしゃったことはもっともです。私も協力者として、手の内を明かしましょう。ただし、早めにラコリィナ様の元に帰りたいので手短に……です」

サザンカさんは人差し指をピンと立てて言った。

その指に巻かれている包帯は、またもやゆらゆらと動き出していた。

「すでにお察しだと思いますが、この包帯は傷を覆うための物ではありません。これは我が身を守る鎧《よろい》なのです」

「鎧……？　このふにゃふにゃした包帯が？」

そこらへんのナイフでも簡単に切断出来そうに見える。とてもじゃないが、これを巻いて身を守れるとは思えない。

だが、サザンカさんがこの状況で冗談を言うとも……。

「その名をバンダージェム。我がサザーランド家に伝わる王神器《レガリス》でございます。まあ、少々長いので普通に包帯と呼ぶことも多いのですが」

「バンダージェム……王神器《レガリス》？」

「古《いにしえ》の王より授かりし神器《じんぎ》——簡単に言うと、現代の魔法技術でも再現不可能なほど高い性能を持った魔法道具です。王家に仕える家系の中でも、力を持った一部の家系にのみ継承されています。家によって継承されている王神器《レガリス》の姿かたち、性能はまったく違いますが、どれも並の武器とは一線を画《かく》す力を秘めているのです」

一族の中で脈々と受け継がれる神器……。

非常に少年心《こどもごころ》をくすぐられる代物《しろもの》だが、敵に回る可能性があることを考えると、素直にワクワク出来ない部分も……なんて考えていると、サザンカさんが自分の持つ王神器《レガリス》の説明を始めた。

「王の側近《そっきん》を代々務めるサザーランド家の王神器《レガリス》バンダージェムは、包帯のように長く、軽く、切り離したり、くっつけたりも出来ます。さらに意のままに動く柔軟性《じゅうなんせい》、衝撃《しょうげき》も魔法も通さない耐久性を持っています。なので、このように体に巻き付けて超軽量の鎧として使っているのです」

サザンカさんがガバッと自分のメイド服のスカートを持ち上げると、包帯でぐるぐる巻きにされた彼女の脚や腰、お腹があらわになった！

このメイド服……上と下が一体型で、ワンピースみたいになってるんだ！

道理でスカートを上げるとお腹まで見えちゃうわけだ……！

「ちょ、ちょっと!! 全部見えてますよっ！」

「安心してください。下着は見えてません。そもそも着《つ》けてませんから」

「そういう問題じゃ……って、下着を着けてない!?」

「ええ、素肌《すはだ》で触れ合う面積が広い方が、バンダージェムの制御能力が増すのです。とても強い一体感があるおかげで、自分の手足のように動かせます。しかも、バンダージェムには浄化の力があって、体を清潔《せいけつ》に保《たも》ってくれます。それはそれとして、ちゃんと毎日シャワーは浴びていますが」

さっき聞いたリィナが置かれている状況とか、リィナの本心とか、全部吹っ飛びそうなほど驚かされたが……なんとか心を落ち着けて話を続ける。

「とりあえず、スカートを戻してもらっていいですか？　体に巻かれていることはわかったので」

「では、話も戻して……バンダージェムはその特性上、複数の敵を瞬時に捕縛《ほばく》するロープとしても機能します。王と我が身を守りつつ、瞬時に敵を捕らえて無力化する……。それがこの王神器《レガリス》の戦闘スタイルなのです。反面、高い攻撃能力は持ち合わせていません。側近として、万が一にも王を巻き込むような攻撃を行うわけにはいきませんからね」

「なるほど、防御《ぼうぎょ》と捕縛《ほばく》の王神器《レガリス》がバンダージェムなんですね」

その家系の役割に合った王神器《レガリス》が受け継がれているということか。

中には破壊と殺戮《さつりく》みたいなヤバい代物もあるのかなぁ……。

「……不安そうですね、ユート様」

「え、ああ、まあ確かに……」

「我が王神器《レガリス》の力を疑っておられるんでしょう？」

「……へ？」

サザンカさんは真顔だが、わずかにムッとしているような雰囲気がある。

別の意味で浮かべた不安な表情を、変に捉えられてしまったか……。

「あのっ……」

誤解を解こうと口を開いた矢先、包帯が巻かれたサザンカさんの拳《こぶし》が俺の顔の前に突き出された！

思わず「ひえっ……」と声が出る俺。

「この腕に……ユート様の剣を振り下ろしてみてください。それでハッキリします」

実際にバンダージェムの防御力を試してみろってことか……。

でも、俺の剣だと本当に彼女の腕を切り落としかねないし、従うわけにはいかないな。

「俺の方も手の内を明かします」

「……ん？　どういうことでしょう？」

首をかしげるサザンカさんの前で、ベッドに立てかけてあった竜牙剣《りゅうがけん》を鞘《さや》から抜く。

本気の戦闘中じゃないから刃の色は白銀のままだけど、何というか……貰ったばかりの頃より、刃に風格のようなものが出て来ている。

紅色のオーラをまとっていなくても、普通の武器にはない凄《すご》みが今の竜牙剣にはある。

「この剣の刃は竜の牙から削り出された物なんです。普通の剣とはまったく切れ味が違います。それを人に向けて振り下ろすことは……出来ません」

「そ、それは……」

竜牙剣の風格にサザンカさんは気圧《けお》されている。

このまま誤解も解いてしまおう。

「さっき俺が不安げな顔をしていたのは、攻撃的で危険な王神器《レガリス》が敵に回った時のことを考えていたからです。その時、俺はリィナを守ることが出来るのか……と。もちろん、どんな相手であれ戦う覚悟はありますけどね」

俺の言葉を聞いて、サザンカさんは突き出した拳を下ろし、深々と頭を下げた。

「申し訳ございません。早とちりをしてしまいました」

「いえ、わかってくれたらいいんです」

「……自分の家にそこまで愛着はありませんが、このバンダージェムには愛着があるんです。正統な継承者としてこれを受け継ぐべく、幼少の頃より訓練を受けていましたので」

「自分の武器を信頼する気持ちが、俺にも伝わって来ました。その包帯でこれからもリィナを守ってあげてください。俺も剣の腕を磨いておきます」

役目を終えた竜牙剣を鞘に戻す。

その一連の動作をサザンカさんは食《く》い入《い》るように見つめる。

「竜の牙の剣……まさか、そんな切り札があったとは驚きました」

「うちのギルドのマスターが俺にくれた大切な剣なんです。今まで何度も命を救われましたし、何度も人の命を救うことが出来ました。まだまだこの剣にふさわしい冒険者にはなれてませんが、いつかはそうなるつもりです」

「お互い道半《みちなか》ば……ですね」

それから、俺とサザンカさんは自然な会話が出来るようになった。

彼女が包帯で片目を隠している理由は、一気に両目を潰《つぶ》されないため……というのは建前で、実際はただのオシャレ。

気分によって隠す目を変えているので、謁見の時とは見えてる目が違うんだってさ。

年齢は17歳で、俺の1つ上、シウルさんの1つ下だ。

サザーランド家の正統な後継者であり、家の中では発言力がある方らしい。

俺から彼女に話したことは、リィナとの思い出だ。

何が好きで何が嫌いか、小さい頃はどういう性格だったか……などを記憶を手繰《たぐ》って、時間が許す限りサザンカさんに伝えた。

彼女があまりに真剣に聞くもんだから、間違ったことを話していないかヒヤヒヤしたけど、案外リィナとの思い出は覚えているもので……自分でも驚いた。

おかげでまた少し、実家に顔を出したくなった。

時間が経ち、サザンカさんはリィナの元へ帰る準備を始める。

「……それでは、そろそろ失礼します。こんな夜分に押しかけたにもかかわらず、ワタクシの話を聞いていただきありがとうございます。それに素敵な思い出話まで……大変光栄です」

「こちらこそ、色々聞かせてもらってありがとうございます。リィナのこと、よろしくお願いします」

「ええ、もちろん。では、おやすみなさいませ、ユート様」

「おやすみなさい、サザンカさん」

サザンカさんは入って来た時と同じ窓から出て行った。

彼女の姿はすぐに夜の闇《やみ》に紛《まぎ》れ、見えなくなった。

俺はふぅ……っと一息つき、ベッドに腰掛ける。

サザンカさんの行動には度肝《どぎも》を抜かれたけど、話し終わってみれば有意義な時間だった。

おかげで今のリィナの気持ちが少しは理解出来た……気がする。

「ク〜……」

「ロック……あ、寝言か」

ロックは寝息を立てながら、ゆっくりしっぽを振っている。

一体どんな夢を見ているのかな？

「明日から通常業務に戻るし、俺もそろそろ寝ないとな」

北に行っている間に仕事が溜まっているかもしれない。

部屋の明かりを消し、ベッドに潜《もぐ》り込もうとしたその時、コンコンコンッと部屋の扉がノックされた。

「は、はいっ」

思わず声が裏返る俺。

扉の向こうから聞こえてきたのは、キルトさんの声だった。

「あ、ユートくん。大丈夫だった？」

「えっ……はいっ、まったく大丈夫ですっ」

「そう、なら良かったね」

足音が扉の前から遠ざかっていく。

流石はギルドマスターというべきか……。

建物への侵入者《しんにゅうしゃ》は、それが良い者であれ悪い者であれ、把握《はあく》しているということだ。

「おかげで俺も安心して眠れる……」

今度こそベッドに潜り込み、目を閉じる。

「おやすみ、ロック」

「ク～……」

ロックの寝言を聞きながら、俺は眠りに落ちた。

第2章　上級ギルド『鉄《くろがね》の雲《くも》』

フゥがギルドのメンバーに加わってからひと月が経った。

俺とロックは普段通りの冒険者活動に戻り、日々与えられた任務をこなしている。

主な仕事内容は魔獣討伐《とうばつ》。それも危険度がC級以上の魔獣を相手にしている。

冒険者のランクと魔獣の危険度は連動しており、C級冒険者は危険度C級の魔獣を相手にするのが普通だ。

ただし、この指標には「パーティの場合」という条件がつく。

人間の体は魔獣に比べて脆弱《ぜいじゃく》だ。同ランクの敵であっても、単独での討伐は推奨《すいしょう》されていない。

俺もこのルールを守り、討伐の際はロックと一緒に行動している。

ギルドに同じC級冒険者の仲間はいなくても、最強魔獣ドラゴンの相棒がいれば問題なし。

魔鋼兵との戦いを潜《くぐ》り抜けて来た俺たちは、危険度C級であれば安定して倒すことが出来る。と
はいえ、慢心《まんしん》せず、忠実に任務をこなしていくつもりだ。

新メンバーであるフゥもまた、与えられた任務を順調にクリアしている。

彼女の実力はやはり高い。冒険者を始めたばかりのため今はE級だが、戦闘能力だけで言えばすでにC級はあると思う。

さらに冒険者の仕事をこなす傍《かたわ》ら、知識と技術を生かして魔法道具の修理も請《う》け負《お》っている。

フゥ曰《いわ》く、王都に出回っている魔法道具の大半はジューネ製の魔法道具より単純な作りで、手持ちの道具と村から持って来たパーツを使えば簡単に直せてしまうらしい。

修理業でコツコツとお金を稼《かせ》ぎつつ、ジューネの技術力をアピールし、その評判を上げていこうというのだから尊敬するしかない。

また、自分用の武器や実験的な技術の研究も欠《か》かさない。

ギルドベースの一角には彼女の研究室が設置され、日夜《にちや》技術者としての腕も磨いている。

そんなフゥの父であるソル族長は、少し前にジューネ族の村に帰っていった。

王国側との話し合いは滞《とどこお》りなく進み、その中で生まれた新しい友好行事のアイデアなどを資料としてまとめ、村の仲間たちに届けるとのこと。

別れ際、族長もフゥも名残《なご》り惜《お》しそうな顔を見せなかったが、少なくとも族長の方は寂《さび》しさを感じていたと思う。

でも、前に進もうとする娘の後ろ髪を引かないために、無理して平静《へいせい》を装《よそお》っていたんだ。

そう考えると何だか俺の方が寂しくなってしまった。

フゥだって親と離れる時間が長くなれば、寂しいと思う時が来るだろう。

まあ、今のところまったくその兆候《ちょうこう》は見られないが……。

年頃の女の子が都会に出て来たら、故郷や家族を想う気持ちよりワクワク感が勝つのも当然か。

俺だって王都に来たばかりの頃は、そんな感じだったからな。王都に憧《あこが》れを抱《いだ》き、半《なか》ば逃げるように飛び出した故郷――そこに帰るのはもう少し先のことだろう。

結果的として大事件に巻き込まれてしまったが、そもそも『クライム・オブ・ヒーメル』参加の目的は、優勝して勲章を得て冒険者として箔《はく》をつけることにあった。

つまりは俺個人のキャリアアップのために休みを貰っていたんだ。

それなのに、帰って来てすぐにまた個人的な都合で休みを貰って田舎に帰省《きせい》するというのは……胸を張れるやり方じゃないと思う。

それに今はシウルさんとフゥを実戦に慣れさせるべく、キルトさんが2人に付き添いながら任務をこなしている状態だ。

ほんの少しとはいえ先輩の俺が、仕事をほっぽり出してギルドを離れるわけにはいかないさ。

◇　◇　◇

「さて、朝食も済ませたし、今週の仕事の話をしましょうか」

キルトさんの言葉を合図に、俺たちギルドメンバーは1つのテーブルを囲み、今週行う任務についての打ち合わせを行う。

緊急の依頼が来ない限り、冒険者だって他の職業と同じように予定を組んで仕事をする。

女性陣3人と俺は別パーティとして動いているが、ギルドメンバー全員で仕事内容を確認することで、ミスや見落としを予防することが出来る。

まず週初めの今日は……女性陣も魔獣討伐に赴《おもむ》くみたいだ。

キルトさんが本気を出せば成功間違いなしの任務だが、彼女はあくまでも保護者の立場。実際の戦闘はフゥとシウルさんに任せ、危ない時に助け舟を出す形になる。

フゥが魔獣を倒す姿は容易に想像出来るけど、シウルさんの方はまだイメージ出来ないな。俺が山を登っている間に数々の任務をこなし、見違えるほど強くなっている……とキルトさんから聞いてはいるが、それをまだ自分の目で見ていない。

いつか肩を並べて戦える時が来たら、その強さを存分に披露《ひろう》してもらうとしよう。

女性陣が担当する任務の確認が終わり、次は俺の番というところで、ギルドの玄関扉がバンッと音を立てて開かれた。

ギルドメンバー全員の視線がそちらに集まる。

「失礼いたしますッ……！」

「ユート・ドライグさんが所属しておられる『キルトのギルド』はこちらでしょうか！」

中に入って来たのは、ガッチリとした体型の男2人組だった。

依頼者というよりは……同業者か？

見ただけでわかる良質な武器と防具を身につけ、それらには使い込まれた跡《あと》がある。ベテランとは言わずとも、中堅冒険者を名乗れるレベルに思える。

それなのに、なぜか彼らはそわそわと落ち着きがない。そんな緊張《きんちょう》する場面か……？

「えっと、ユート・ドライグは俺ですけど」

とりあえず名乗り出てみる。

彼らは一瞬だけホッとしたような表情を見せたが、すぐにまた余裕のない顔に戻った。

「我々は上級ギルド『鉄の雲』のメンバーであります！」

「このたびはユートさんにぜひご協力いただきたい任務があり、馳せ参じました！」

上級ギルド『鉄の雲』。その名前は聞いたことがある。圧倒的な強さを持つギルドマスターの下、厳しい規律によって統率された戦闘集団。その素行《そこう》はあまりよろしくないが、魔獣討伐において彼らほど頼れる存在はないと聞く。

でも、そんなすごいギルドがわざわざ俺に協力を仰《あお》ぎに来るものか？

彼らも少々挙動不審《きょどうふしん》だし、怪しいと言わざるを得ない……！

「……ちなみに任務の内容はどのようなもので？」

怪しいからといって、このまま追い返すわけにもいかない。

とりあえず、任務の内容にこちらから探りを入れてみよう。

「こちらの用紙にまとめてありますので、ぜひご一読ください！」

男の1人がテーブルの上に紙を置いた。そこに書かれていたのは……。

「蜘蛛《くも》狩り……？」

王都の東に広がるアミダ樹林に巣食《すく》う魔獣――ゴウガシャグモの討伐が任務みたいだ。

クモを狩る仕事だから、題して『蜘蛛狩り』か。思ったよりは単純な内容だな。

ちなみに王領には王都があり、ヘンゼル王国で一番栄《さか》えている。

「内容は理解出来ましたけど、これだけでは俺の協力が必要である理由はわかりませんね。『鉄の雲』は魔獣討伐に特化し実績もある。俺みたいな駆け出し冒険者が出る幕はないかと……」

ちょっと意地悪な言い方で揺さぶりをかけてみる。わざわざ頼みに来るのだから、何か理由があるはずなんだ。

男2人組は冷や汗を流しながら目を見合わせると、まくし立てるように話し始めた。

「た、確かに我々『鉄の雲』には実力も実績もあります！　しかし、それだけ抱えている依頼も多いのです！　人員が足りないことも多々あります！」

「そんな状況でも、蜘蛛狩りは決行しなければならない重要な任務なのです！　この時期の数が増えたクモを退治しなければ、樹林の中を通るガルゴ大林道が使い物になりませんから！」

「ガルゴ大林道は、ドライスト領最大の都市トーザと王都を繋ぐ交通の要所！　ここが通れないとなると、大きく迂回《うかい》した道を使わざるを得ません！」

「それでは商人も困ります！　巡り巡って国民全員が困るのです！」

「ゆえに解決することで得られる評価は高いです！　報酬《ほうしゅう》も弾《はず》みます！」

ひ、必死過ぎる……！　どうしても俺に協力してほしいみたいだ！　仕事熱心だからこうなっているると思いたいけど……絶対にそうじゃない。

俺はついに1人じゃ抱えきれなくなり、視線をキルトさんに送って助けを求めた。

キルトさんはうんうんとうなずいて立ち上がった。そして、思いがけないことを言い始めた。

「う～む、とても魅力的なご依頼ですね～。人々の生活を支えるやり甲斐《がい》のある仕事ですし、評価と報酬も弾んでくれるなんて、私も興味がありますね～」

明らかな作り笑いに、変に高くしている声……。

キルトさんの意図は読めないが、男たちは彼女の言葉を聞いて困った顔をしている。

「あの……あなたがギルドマスターのキルト・キルシュトルテさんですか……？」

男の1人が恐る恐る尋ねると、キルトさんは元気良く「はい！」と答えた。

「誠に残念ですが……蜘蛛狩りに関しては、C級以下の冒険者に限って募集《ぼしゅう》を行《おこな》っているんです」

「船頭《せんどう》多くして船山《ふねやま》に上る……。蜘蛛狩りは当方のギルドマスター、ガルゴ・グンダムが陣頭指揮《じんとうしき》を執《と》りますので、他ギルドの幹部クラスの参加は指揮系統の混乱を招くとのことです……」

どうやら、彼らはキルトさんの蜘蛛狩り参戦を望んでいないようだ。

それを察してか、キルトさんもアプローチを変える。

「なるほど！　つまり、Ｃ級以下ならユートくん以外のメンバーも参加していいってことかな？」

彼らは質問のたびに顔を見合わせ、お互いの意思を確認する。

「……はい、それは問題ありません」

「莫大《ばくだい》な人数を送り込まれるのも混乱を招きますが……その心配はなさそうですし」

うむ……この会話で色々見えて来たな。

彼らの目的はあくまでも俺個人を蜘蛛狩りに引き込むことにあるんだ。

それ以外の人間は、戦力として大したことがないレベルなら一緒でも問題はない……と。

「早めにお返事をいただきたいですが、今すぐとは言いません」

「我々、王都のこの宿にしばらく滞在しますので、協力を快諾《かいだく》していただけるのでしたら、こちらの書類にサインをして届けていただけると幸いです」

「明日もまたお願いに来ますので、その時に渡していただいても構いません」

協力依頼の受諾を証明するための用紙と、彼らが泊まる宿への簡易的な地図がテーブルに置かれた。

「では……良いお返事をお待ちしております……！」

去り際の言葉はまるで祈りのようだった。

彼らの疲労感《ひろうかん》にあふれる背中を見送った俺は、すぐキルトさんの判断を仰いだ。

「キルトさん……彼らをどう思いますか？」

「やはりユートくんのところに来たなって感じだね」

キルトさんはそう言って、受付カウンターの引き出しから1枚の用紙を取り出した。

それは依頼書だった。さっきの2人組が渡して来た依頼書とはまったく別物のはずなんだけど、書かれている文章の中には「蜘蛛狩り」「ゴウガシャグモ」「鉄の雲」などの語が登場している。

「これは一体……？」

「こっちはグランドギルドからの依頼書さ。さっき渡された依頼書と同じく、蜘蛛狩りに関することが書かれているけど……その目的はまったく違う。こっちの依頼書は蜘蛛狩りに隠された秘密を暴くことを目的としているんだ」

キルトさんの伝手《つて》で、俺たちのギルドには、すべての冒険者ギルドのまとめ役であるグランドギルドからの依頼が舞い込んで来る。

「蜘蛛狩りに隠された秘密……。それってやっぱり、悪いことですかね？」

「残念ながら……ね。まだ決め手となる証拠は掴めていないけど、その疑惑《ぎわく》は限りなく黒に近い。『鉄の雲』はあの『黒の雷霆』を遥かに超える悪徳ギルドだよ」

「あ、あはは……えっ、本当に？」

比較対象にアレを出されたら、詳しく話を聞かないわけにはいかない。

というか一体いくつあるんだ、悪徳ギルドって！

「じゃあ、まずは上級ギルド『鉄の雲』の世間的な評価について話そうかな」

キルトさんによって語られた『鉄の雲』の表向きの姿。それは俺が知っている姿とおおよそ同じだった。

数あるギルドの中でも魔獣討伐と言えば必ず名が挙がる存在で、さらには人間相手でも戦えると豪語《ごうご》し、憲兵団《けんぺいだん》から依頼を受けて犯罪者の追跡《ついせき》や捕縛を行うこともあるという。

そんな『鉄の雲』に入るために必要なのは力のみ。

知識も常識も必要ない。敵と戦い、倒す能力だけが求められる。

そうしてギルドに入った後も、定期的に戦闘能力テストを行い、ギルドマスターを満足させられなかった者はギルドを追い出されるという……。

ギルドマスターの名はガルゴ・グンダム——A級冒険者だが、最強の証《あかし》であるS級への昇格も遠くないとウワサされる人物だ。性格は粗暴《そぼう》、乱暴、横暴……しかし、敵は必ず倒す。

戦う力を持たない一般国民にとって、脅威となる魔獣を必ず倒してくれる存在は、多少性格に難《なん》があってもありがたいものだろう。

そんなガルゴの下に集《つど》ったメンバーもまた、血の気が多く乱暴な者が多いが、彼らにとってガルゴの命令は絶対で逆らうことは許されない。

ギルドマスターの圧倒的実力による恐怖の支配……。

そのおかげで『鉄の雲』は組織としての形を保ち、上級の肩書きを得るまでに至《いた》ったんだ。

「S級に迫る実力の持ち主《ぬし》が仕切るギルドに黒いウワサ……。まあ、話を聞いているだけでも、悪い話はいくらでも出て来そうな体制のギルドではあるんですが……」

ギルドマスターによる独裁《どくさい》の結果、ギルドが崩壊《ほうかい》するなんてよくある話だ。

でも、それだけならグランドギルドがわざわざ俺たちのギルドに調査依頼を出すはずがない。

「キルトさん、S級冒険者になるにはやっぱり難しい試験とかあるんですか？」

『蜘蛛狩り』の話と直接関係はないが、ふと疑問に思ったのでS級冒険者のキルトさんに尋ねてみた。

何を以《もっ》てガルゴという男がS級に近いと言われているのか気になったんだ。

「S級昇格に試験はない。条件もその時点でA級冒険者であること以外はないし、何ならこの条件すらも本当は存在しないかもしれない。何を基準にどのタイミングで認定するのかは、グランドマスターのみぞ知る。だから、積極的にS級を目指す人はやきもきして大変だろうね」

クリアすべき一定の基準がないと、努力の方向性に困るもんなぁ。

変な欲を出さず、地道に実績を積み重ねるのが一番なんだろうけど、野心家にとってそれは厳しいハードルを課されるよりも辛いことなのかも。

「まあ、S級昇格についての話は置いておいて、次は彼らが行っている蜘蛛狩りについて説明しようか」

キルトさんが蜘蛛狩りについて語り始める。

それによると、討伐対象はゴウガシャグモ。その名の通りクモに似た魔獣だ。

生息地は王都の東に広がるアミダ樹林。その一部は隣接するドライスト領まで広がっている。

ゴウガシャグモは虫系の魔獣に見られる多産と急成長の性質を持ち、一度狩りつくしたと思っても、時間が経てば数匹の生き残りから大群《たいぐん》を形成して襲い掛かって来る。

群《む》れの中でその個体に与えられた役割によって、危険度はE級からB級まで変化する。

同じゴウガシャグモという種でも、タイプによって対応が変わるというわけだ。

最も危険なのはマザータイプと呼ばれる、群れに1匹しかいない特別な個体で、マザーの名の通りゴウガシャグモを産んで増やしていく役割を持つ。

単純な戦闘能力も高いとされ、危険度B級上位に位置付けられる。

このマザータイプを討伐するのが、蜘蛛狩りの大きな目的となる。

広いアミダ樹林の中でゴウガシャグモを全滅させることはほぼ不可能だ。

蜘蛛狩りによってとにかく個体数を減らし、クモを生み出す存在であるマザータイプを討伐することで、一時的に個体数の増加を抑える。

マザータイプを失ったクモは戦意を失い逃げ出すが、その逃げた個体のどれかがマザータイプへと成長していき、また個体数を増やしていく。

新たなマザーが生まれる正確なメカニズムが解明されていない以上、蜘蛛狩りという任務は定期的に行う必要があり、そのたびにガルゴは応援として外部から冒険者を呼んでいる。

それが今回は俺だったというわけだ。

「外部から呼んだ戦力――ゲストパーティがマザータイプと戦うことはないらしい。あくまでも雑魚《ざこ》を狩って、個体数を減らすための要員とのことだ。表向きは……ね」

キルトさんの表情が少し険しくなる。いよいよ黒い疑惑に踏み込むのか……。

「そもそも、討伐対象であるゴウガシャグモの情報を『鉄の雲』は公開したがらない。あくまでも現地での軽い説明に留まる程度で、魔獣学者に調査させたこともないらしい。だから、巷《ちまた》に出回っている魔獣図鑑《ずかん》にもゴウガシャグモの記載はないのさ」

「それはおかしな話ですね。特定地域にしか生息してない固有種だとしても、その生態《せいたい》を詳しく調べることには大きな価値があるはずです」

俺の言葉にキルトさんはうんうんとうなずいて同意する。

「どんな魔獣の情報も、すべての人間に広く知られるべきだと思う。知識はいざという時、命を守ってくれるものだからね。王国や総本部も同じ考えのはずなんだけど、ガルゴ大林道という聖域《せいいき》においては、その理念も歪められてしまうんだ」

「聖域……ですか？」

「ガルゴ大林道とガルゴ・グンダム……名前が偶然被《かぶ》るにしては、出来過ぎだと思わない？」

「まさか、大林道の名前はガルゴ・グンダムから取られてるんですか？」

俺の回答にキルトさんは「その通り！」と言った後、ニヤリと笑った。

「ガルゴは、元々存在しなかった王領とドライスト領を繋ぐ長い長い道を切り拓《ひら》いた張本人なんだ」

「道を……切り拓いた⁉　一から造ったってことですか？」

キルトさんは静かにうなずいた。ここで冗談を言うはずもないし、事実なのか……！

「王領とドライスト領の間には、小規模ながら険しい山脈があってね。人が往来《おうらい》するにはその山脈を避けて通るしかなかった。でも、それではせっかく王領に隣接している領地なのに、その恩恵《おんけい》を十分に受けられない」

その隣にありながら、移動に手間がかかってしまうのはもったいないな。

「そこでガルゴは山脈の谷間といえる場所……。それこそ、馬車でも通り抜けられそうなルートを見つけ、木々を切り倒し、大地をならし、大林道を造り上げたんだ」

「それはすごい……！　きっとたくさんの人が喜んだでしょうね」

「うん、これは称えるべき行いだね。王領とドライスト領の往来はとてもスムーズになり、ドライスト領が大きく栄えるきっかけになった。領主であるドライスト伯爵《はくしゃく》は大喜びで、ガルゴ・グンダムは彼にとっての英雄《えいゆう》。それこそ領地では王様のような存在になっているというわけさ」

「だから、ガルゴ大林道においては彼らが絶対のルールになっていると……」

「正直、特別扱いされるのは納得せざるを得ない。ただ、ドライスト伯爵家は貴族の中でも長い歴史を持ち、他の貴族への影響力も馬鹿《ばか》にならないんだ。女王になったばかりのリィナちゃんでは、なかなか口出し出来ないくらいにはね」

「コソコソと悪事を働くには、最適な場所と立場が揃ってますね……。それで一体、彼らにはどんな疑惑があるんでしょうか？」

核心に迫る質問に、キルトさんは一度目をつぶって呼吸をした後、口を開いた。

「一言で言えば『新人潰し』。将来を期待される若手冒険者を意図的に追い詰め、魔獣に襲わせ、その未来を奪う……。彼らの聖域でそんなことが行われているのではないかと、グランドギルドはにらんでいる」

「ここまで実力と実績があるギルドで……そんなことが……!?」

「調査が難しくてまだ確固たる証拠は掴めていないけど、疑うだけの状況証拠はある。蜘蛛狩りにおける異常な重傷者数はその典型で、中にはクモの毒によって神経を侵《おか》され、今も体の自由を失ったままの人もいる……」

冒険者、それも魔獣と戦う依頼を受ける者は、いつ大怪我したっておかしくはない。

だが、それを意図的に……それも味方であるはずの同業者が起こしているとすれば、確かに『黒の雷霆』を超える悪徳ギルドといえる……！

「ユートくんは今一番勢いのある若手冒険者だ。『鉄の雲』が新人潰しを行っているのなら、潰さない理由がないくらいにはね。それを見込んでグランドギルドは君に潜入捜査《せんにゅうそうさ》の依頼を送って来た。でも、私は誰が何と言おうと強要はしない。嫌なら断ってほしい。私が話を押し通す」

「お気遣いありがとうございます。でも、俺はやります！　俺がやるべきだと思います！」

潰しの手段が魔獣である以上、それが任務中の事故なのか、人為的な罠《わな》なのか、判断は難しい。誰かが潜入し、蜘蛛狩りを潜り抜けて真実を伝える方法が最も正しいはずだ。

そして、その役目を負える冒険者は俺しかいない。

これからも被害に遭う人が増え続けるくらいなら、俺が危険を承知で真実を暴いてみせる！

「やれるよな？　ロック！」

「クー！」

ロックは人の話がわかるドラゴンだ。きっと、今回の任務の危険性と重要性を理解している。そのうえで元気良く返事をしてくれたんだ。

1人じゃ不安でも、ロックがいるなら問題はない。

「広がる闇は底知れない。厳しい任務になると思う。それでも……いいんだね？」

「ええ、任せてください！」

「クゥ～！」

険しい表情をしていたキルトさんに、いつもの柔《やわ》らかな笑顔が戻る。

「ならば、私は信じて任せるのみ！　君たちには力がある。自分の力の限界を決めつけず、思うままに引き出すことが出来れば、ガルゴもクモも敵ではないさ！」

さ、流石にA級上位の冒険者相手にそれは言い過ぎでは……？

いや、それだけキルトさんは、俺たちに期待してくれているということか。

その期待に応えるためにも、元気な体でここに帰ってこなくては……！

「それじゃあ、蜘蛛狩りに向けてさらに詳しい話を……。あ、シウルちゃんとフゥちゃんは少し待っててね。これが終わったら今日の仕事に向かうから」

大きな仕事を完遂《かんすい》するため、しっかり話を聞こう……と思った矢先、シウルさんがピンと右手を上に伸ばし、何か話したいことがあるとアピールしてきた。

「シウルちゃん、どうしたの？」

尋ねるキルトさんに対して、シウルさんはまったく予想外の言葉を言い放った。

「私もその蜘蛛狩りに参加したいです！」

数秒の沈黙——誰もがシウルさんの言葉をすぐには呑み込めなかった。

その沈黙を破って、最初に口を開いたのは……俺だ。

「それはまた、どうしてですか？　聞いての通り、とても危険な任務になりますが……」

「でも、ユートは参加するんでしょ？　あなただけ危ない目に遭っていいはずがないわ！　それに戦力は多い方がいい。私、足手まといにはならないから」

むぅ、返事に困る状況だ……。俺は今の彼女の実力を知らないから、安易に「はい、そうですね」とは言えない。

低めに見積もっても危険度C級前後の魔獣と出くわす可能性が高いし、場合によっては味方であるはずの『鉄の雲』の策略とも戦わなければならない。

そんな状況で自分の身を守れる自信はあっても、他の誰かの身を守れる自信は……ない。

少し望みは薄いが、ここはキルトさんに助け舟を求めよう。

「あの、キルトさん……」

「私が参加したい理由は、もう1つあるの」

シウルさんはそう言って、テーブルの上に1冊の分厚い本を置いた。

かなり読み込まれている本だ。タイトルは……『魔獣図鑑』？　著者の名前はジルベール・トゥルーデルとある。

「これは……前に聞かせてくれた、シウルさんのお父さんが書いた図鑑ですか？」

「そう、魔獣学者だった父が書いた図鑑。父が亡くなって以降、誰も改訂《かいてい》を行ってないから、今は少し情報が古いかもしれない。進化を続ける魔獣を記した魔獣図鑑に完成はないわ」

魔獣学者であるお父さんが魔獣の調査中に亡くなり、お母さんも若くして亡くなっていたシウルさんは、それからずっと1人で生きなければならなかったという。

「この美貌《びぼう》のおかげで食うには困らなかった」とシウルさんは笑い話にしていたが、それが本当に笑える話ではないことは誰もが理解していた。

彼女は両親のことを今も忘れていない。特にお父さんのことはずっと尊敬している。

そんな父の形見とも言える魔獣図鑑をここで出してきたということは、その中に何かゴウガシャグモに関する情報が……！

「この図鑑にゴウガシャグモの詳しい情報は載っていないわ」

「そう……なんですか」

「でも、載っていないことが重要なの。父はいつだって魔獣に興味津々《きょうみしんしん》で、好奇心の赴くままに危険な調査もいとわずに行うような人だった。そんな父が、その存在を世間に知られながらもロクに調査がされていない魔獣を放っておくわけがない……。特にゴウガシャグモは他の誰もまだ完全な情報を図鑑に記していない、父にとって格好の獲物《えもの》だったはずなのに」

「つまり、それだけ厳重に秘匿《ひとく》する理由が、ガルゴ・グンダムやドライスト伯爵にあると……」

「ええ、私はそう考えているわ。特定の地域で信仰されているわけでもない魔獣の情報を必死に隠すなんて、ハッキリ言って異常よ！　必ずそこには良からぬ理由がある！　だから、私が父の代わりに真実を記す……！」

シウルさんの決意は固い。彼女の話を聞いた以上、参加を拒《こば》むことは出来ない。

しかし、伝えなければならないこともある。

「今回の任務は未知数な部分が多い……。シウルさんを守り切れると、断言は出来ません」

「構わないわ。自分の身は自分で守ってみせる！」

「クー！」

その時、普段はシウルさんに対して素《そ》っ気《け》ないロックが、彼女の方にテクテクと歩み寄った。

「あら、ロックが私のこと守ってくれるの？」

「クゥ～！」

ロックは自分だけでなく、他の誰かも守れる自信があるんだ。

流石は最強魔獣ドラゴン。今回も頼りにさせてもらう！

「じゃあ、俺とロックとシウルさんの3人パーティで……」

「シウルが行くなら私も行こう」

そう宣言したのはフゥだった。

まあ、絶対にそう言うだろうなぁとは思っていた。

「当然、自分の身は自分で守る。試してみたい武器も色々あるし、こちらに棲《す》む凶悪な魔獣とも一戦交《まじ》えてみたいと思っていたところだ」

「油断してるとフゥでも危ないぞ。あまり任務を腕試しみたいに考えない方がいい」

「もちろん、わかっている。今まではキルトに見守られながらの任務だったが、見守られなくても使命を果たせるのか。そして、私の作り上げた武器は実戦で通用するのか……。それはやってみなければわからんということだ」

「確かに実戦でしか学べないことはあるけど……」

「いつまでも御守《おも》りが必要では困るだろう？」

フゥだって危険は覚悟のうえで王都に残り、冒険者になった……ということか。

「わかった。フゥも入れて4人でこの任務に挑もう。問題はないですよね、キルトさん」

「うん、問題なし！」

キルトさんはやけに静かだったから、この流れに賛成なのはわかっていた。

全員の実力を知る彼女がゴーサインを出すなら、俺が止める理由もない。

「彼女たちが実力をフルに発揮《はっき》出来れば、まず足手まといにはならない。ただ、緊張したり慌てたりしないよう、ユートくんが導いてあげてほしい。導くこととは守ることとはまた違うものだよ」

そう言ってキルトさんは俺に微笑《ほほえ》みかける。

俺が人を導く……。それはC級冒険者に昇級した時、グランドギルドの検査官であるセレーナさんにも言われたことだ。

C級ともなれば、下のランクの冒険者と任務を共にする機会も増える。

上に立つ者は、下の者を導くことが役目であり、責任がある。

これも避けては通れない、冒険者として乗り越えるべき壁なんだろう。

「はい！　俺がパーティのリーダーとしてみんなを導きます」

「ユートくんなら出来る。いや、出来ているからこそ、みんなここにいるんだ」

キルトさんの言葉に、シウルさんとフゥが同意するようにうなずく。

自分としてはその時その時を生き残るために必死なだけで、人を導いているなんて考えたこともなかったけど、それでも自分の力を認めてもらえるのは嬉しい。

「さて、それじゃあ蜘蛛狩りの詳しい話は全員でするとしようか！　グランドギルドが必死になってかき集めた貴重な情報の中には、タイプごとのクモの特性や毒の性質なんかも……あっ！」

キルトさんが「思い出したっ！」みたいな感じで、パンッと手を打った。

「その前に蜘蛛狩り参加の旨《むね》をあの２人組に伝えて来るね。彼ら、ユートくんを勧誘出来なかったらどんなお叱《しか》りを食らうのかってくらいにビクビクしてたし、かわいそうだから早めに安心させてあげた方がいいかなって。大丈夫、数分で帰って来るから！」

そう言ってキルトさんは必要事項を書き込んだ用紙を持って飛び出していった。

「あっ、今ので私も思い出したわ」

シウルさんもパンッと手を打つ。

「何を思い出したんですか？」

「あの『鉄の雲』から来た２人組のことよ。確か私が前に在籍《ざいせき》してたギルドにいたのよね。その時すでにC級冒険者で、ギルドの主力としてかなり調子に乗ってた気がするんだけど……」

今の彼らは調子に乗っているとは思えない。

何かに怯《おび》え、焦り、自信を失って畏縮《いしゅく》しているようにしか見えなかったが……。

◇　◇　◇

それから２日後、ドライスト領最大の街トーザ――。

王都にも劣らない美しい街の大通りを、傷ついた冒険者たちが列をなして歩いていた。

その姿はまるで亡者《もうじゃ》……。街の人々はそれを恐れつつも、尊敬のまなざしで見つめていた。

「あの人が帰って来る時は、大勝だろうと辛勝だろうと血みどろだな……！」

住人の1人がそうつぶやいた。

屈強な馬が引く馬車からは血が滴《したた》り、大通りの石畳《いしだたみ》を汚《よご》す。

その中身は討伐した魔獣の肉や臓器《ぞうき》。魔法で凍《こお》らせて運搬《うんぱん》しているが、その氷魔法を維持している冒険者が疲弊《ひへい》し、一部が溶け出している。

そんな異様な集団の先頭を歩き、誰よりも先に『鉄の雲』のギルドベースに帰還《きかん》した男こそ、上級ギルド『鉄の雲』のギルドマスター——A級冒険者ガルゴ・グンダムである。

鍛え上げられた2メートル超の巨体、彫《ほ》りの深い顔、毛髪《もうはつ》のない頭部、飾《かざ》り気のない衣服。

そして、魔獣と戦うばかりで他のことには無頓着《むとんちゃく》な生き方。

その姿が僧侶《そうりょ》を連想させ、今では『厳魔怪僧《げんまかいそう》』の異名《いみょう》を持っている。

「お前らァ……帰ったぞ」

彼らのギルドベースは、通称『黒雲館《こくうんかん》』と呼ばれる黒塗りの館《やかた》だ。

その大きく分厚い玄関扉を開き、ガルゴが中へと入る。瞬間、場の空気が一気に引き締まる。

「ガルゴさん、お疲れ様ですッ！」

その場にいるギルドメンバー全員が一斉に頭を下げる。

「おう、仕事に戻れ……」

今度はすぐに顔を上げて、それぞれの仕事に戻る。これが彼らの日常だった。

「今回の討伐依頼、成果のほどはいかがでしたか？」

幹部クラスの女性メンバーがガルゴに声をかける。

「ユリーカ……帰っていたか」

「はい、予定より5日ほど早く切り上げることが出来ました」

「こっちは手こずった。現地でダイダラボッチなんて呼ばれてる特異種のトロールが現れた……。こいつがデカい図体で逃げ回るわ、追いかけて殺すまでに他の魔獣の横槍《よこやり》が入るわ、とにかく時間を食った。現れたのが東の国境線近くというのも面倒極まりなかった。だがァ……」

くどくどと文句を並べていたガルゴがニィッと口角を吊《つ》り上げ、下卑《げび》た笑みを浮かべる。

「選別には役立ったァ……」

他のメンバーも黒雲館に次々帰還する。

そんな中、人の波を押しのけてガルゴの元に駆け寄り、その足にすがりつく男がいた。

「ガ、ガルゴさん……！　もう一度だけチャンスを……」

「おい」

「はい」

ガルゴの一声でユリーカはすがりつく男に蹴《け》りを食らわせた。

「グエ……ッ⁉」

金色の稲妻《いなずま》がほとばしり、痺《しび》れながら吹っ飛んだ男の体は壁に激突した。

彼ですらランクはC級。元々は小規模ギルドの主力であったが、上級ギルドメンバーという肩書き、稼ぎと名声を求めて『鉄の雲』の門を叩いた。その末路がこれである──。

「裏口にでも放り出しておきなさい」

他のメンバーに命令を出すユリーカ。

今の一撃で気絶した男は無抵抗のまま運ばれて行った。

その姿を、ダイダラボッチ討伐に参加していなかった女メンバーがせせら笑う。

「ふふふ……弱い男はこれだから困るわ。」

「おい！」

それを見て、ユリーカが怒声《どせい》を上げる。

「……えっ！　私……ですか……？」

さっきまで笑顔だった女の顔がみるみる青ざめていく。

「す、すみません！　気に障《さわ》るようなことを……ぎゃ！」

その女の髪をユリーカが乱暴に掴み、引きずり倒した。

「別に好きに笑えばいいのよ。使える人間ならね。でも、あんたは結果を出せなかった。だから、消えないといけないの……おわかり？」

「は、はい……消えます……。だから、髪だけは……！」

「ふんっ……。荷物をまとめてさっさと出ていきなさい」

ユリーカは女の髪から手を離す。

そのメンバーは涙を流しながら自室がある宿舎《しゅくしゃ》の方へ消えていった。

「俺が遠征《えんせい》で少し目を離したらこれだ。ここは一気に腑抜《ふぬ》けを粛清しなければならんなァ……。まったく、面倒なことをさせてくれる」

言葉とは裏腹に、ガルゴはにんまりと笑っていた。

「その前に、ガルゴさんに伝えておきたいことがあります」

「何だ……？」

「ユート・ドライグが蜘蛛狩りに参加するとのことです」

「ほう、それは……朗報《ろうほう》だなァ……！」

ガルゴが歯をむき出しにして笑う。

「あの新入りの無能2人には相当言い聞かせておいたが……やったか。これは寛大《かんだい》な心で今回の粛清リストからは外してやらんとなァ……！」

ガルゴはパンッと手を打つ。その衝撃で建物内の空気が震える。

「ククク……竜騎士などと呼ばれていい気になってる小僧《こぞう》……。それがまさか、あの女の関係者というのだから……今回の蜘蛛狩りはすでに愉快《ゆかい》愉快でたまらんなァ……！」

張り詰めた空気の中、ガルゴだけが異様に楽しげだった。

◇　◇　◇

俺たちは蜘蛛狩り当日を迎えた。

この日まで通常の任務をこなしながら、グランドギルドが用意してくれた蜘蛛狩りの情報を頭に叩き込み、戦闘のトレーニングも欠かさなかった。

それは俺だけじゃなく、パーティの全員が一緒だ。

みんな危険な任務であることを自覚し、それぞれ必要な準備を積み重ねて来たんだ。

「みんな頑張って！　迷った時は自分の判断を信じるんだ」

キルトさんはそう言って、俺たちの背中を押してくれる。

蜘蛛狩りの現場――アミダ樹林まで俺たちを運んでくれるのは『鉄の雲』が用意した馬車だ。

普段なら交通の要所であるガルゴ大林道を通る乗合馬車《のりあいばしゃ》も多いが、蜘蛛狩り期間中は大林道を完全に封鎖《ふうさ》するため、貸し切りの馬車でなければ現場に向かうことが出来ない。

「約束の30分前に来るとは、御者《ぎょしゃ》はまともな者をよこしたようだな」

フゥが、ガラス窓付きの立派な馬車に小細工《こざいく》がないか確認しながら言う。

わざと馬車を遅らせることで俺たちを遅刻させ、難癖《なんくせ》をつけるような嫌がらせもあり得なくはないと思っていたが……流石にそこまで小物ではないか。

「うむ、馬車に小細工はなさそうだぞ」

「馬車を引いてくれる馬も健康そうだし、ここに罠はなさそうだね」

となると、今のところ不安要素はない……か。

もちろん油断するつもりはないが、緩める部分では緩めて気を休めるのも大事だ。

「あの、荷物も積めたんで早めに出発することは出来ますか？」

罠でなくとも、何かしら偶然のトラブルで移動が遅れることもあり得る。

早めに出発した方が色々都合はいいので、御者に出発をお願いしてみる。

「あー、えっと……」

御者はギルド内にある時計を凝視《ぎょうし》する。何かすぐに出られない事情が……。

「まあ、問題はないか……。出発しましょう！」

……というわけでもなく、出発を快諾してくれた。

「キルトさん、行ってきます！　そして、無事に帰って来ます！」

ギルドベースの外に出て見送ってくれるキルトさんに、パーティ全員で手を振る。

「危ない時は仕事なんてほっぽり出して、身の安全だけを考えるんだよ～！」

「わかりました～！」

こうして王都を出た馬車は順調に進んだ。

速度は十分、進む方角も間違っちゃいない。このペースなら遅れることはないだろう。

最大6人乗りの馬車を3人と1匹で使っているので、乗り心地はとても快適だ。

空は晴れ、雲は少ない。風も穏やかで、天候が急に変わる心配もなさそうだ。

ここまでは順調も順調。まあ、蜘蛛狩り前からトラブル続きじゃ困っちゃ――。

「キィイイイイーーーーーーーーーーー……ッ！」

突然聞こえて来たのは、鳥のような鋭《するど》い鳴き声。

それが1羽や2羽の鳴き声なら「のどかなもんだなぁ～」で済んだけど、その数は徐々に増えて、共鳴し……何重にもなって俺たちの耳に届く。

「ひぃ……！　鳥が……何十羽もの怪鳥がこっちに……っ！」

悲鳴を上げる御者。俺たちも彼が言う怪鳥の姿を視界に捉えていた。

「あれはホネワシかしら。普段は4羽から5羽で狩りを行う魔獣なのに、今日は50羽以上いそうじゃない？」

シウルさんの言葉通り、馬車の側面からこちらに向けて飛来する鳥は、両手では数えきれないほどいる。

その正体がホネワシというのも、おそらく正解だ。

強靭《きょうじん》な骨が体内だけでなく体外にも広がり、鎧のような外骨格を形成している飛行魔獣……。

生半可な魔法や矢による攻撃は通らず、その重厚な見た目に反した素早い動きで獲物を狩る。

とはいえ、1羽で武装した人間を仕留めるほどのパワーはなく、危険度自体はD級止まり。

ただ、あいつらもそれを自覚しているので、必ず複数羽で狩りを行うんだ。

それが今回は50羽以上……。危険度D級だから安心なんて思っちゃいけない状況だ。

「まだ少し遠いけど、確実にこちらを狙っているな……。この馬車のスピードじゃ追いつかれる」

「ならば、今のうちに撃《う》ち落とせば良いのだ」

俺の言葉に対するシンプルなフゥの回答。

彼女はすでに、持ち運ぶために折りたたまれていた新たなマギアガンを組み立てていた。

「長距離狙撃用マギアガン——試作型マギアスナイパーライフル。これならば、遠く離れた標的にも弾丸が届く……はずだ」

片手で十分扱えた今までのマギアガンと違い、この銃はフゥの身長以上の長さを誇る！

それだけ射程が長く、威力《いりょく》が高いことは想像に難《かた》くない。

「よし、迎撃はフゥに任せる。とりあえず馬車を止めて……」

「いや、このままでいい。走りながらでも当てる。蜘蛛狩りに遅刻したら大変だからな」

フゥはそう言って馬車のドアを開け放ち、ライフルの銃身を外へと突き出した。

重心を安定させるため、ライフルには三脚が取り付けられているが、それでも揺れ動く馬車の中から空を飛ぶ標的を狙えるのか……!?

「本番前の肩慣らしには……ちょうどいい！」

俺の心配は……杞憂《きゆう》に終わった。

フゥは最初の狙撃を見事に成功させ、ホネワシを1羽撃ち落とした！

「流石に距離があると弾丸自体の威力は落ちる。だが、鳥を撃ち落とすには十分過ぎるな」

フゥの銃が撃ち出す弾丸は魔力の氷だ。被弾した部分を即座に凍らせる効果がある。

たとえ弾丸自体が致命傷《ちめいしょう》を与えなくとも、翼が凍りつけば飛べなくなり、地面に真っ逆さまに落下してそれがトドメとなる。

フゥはそこまで計算したうえで、ライフルの引き金を引き続ける。

流石に全弾命中とはいかないが、命中率は体感9割を超えている気がする。

これがジューネ族の技術と教育、そしてキルトさんの指導の賜物《たまもの》か！

ホネワシの処理は全部フゥに任せて良さそうだな。

まあ、手伝ってと言われても、あの距離に俺の攻撃は届かないんだが……。

「むぅ……。あの鳥ども、群れを2つに分けたぞ」

ホネワシはこのまま直進するのはマズいと思ったのか、群れを2つに分けて馬車を前後から挟み込もうと動き出す。

今までは馬車の側面から向かって来ていたので迎撃もしやすかったが、前後となると馬車の窓ガラスを叩き割らないと射線が通らないぞ……。

「回り込まれる前にすべて撃ち落とせばいいだけだ」

フゥの射撃速度が上昇し、地上へと落ちていくホネワシの数も増える。

しかし、スピードを求めれば命中精度が落ち、次第に集中力も散漫《さんまん》になっていく。

こればっかりは今のフゥでは逆らえない人体のルールだ。

そして何より、本当の戦いはこの後に行われる蜘蛛狩りだ。

パーティのリーダーとして、フゥをこれ以上疲弊させるわけには……。

「クァッ！　クァッ！　クァッ！　クァッ！」

その時、ロックが馬車から身を乗り出し、小さな炎の塊を連続で吐き出し始めた。

これは……フゥの真似をしているのか？

今までの大きくて威力の高い炎と違い、小さくてスピードのある形状はまさに炎の弾丸。

最初はまったくホネワシに当たらなかったが、ロックはドラゴンのスタミナを生かして炎の弾丸を撃ち続け、ついにその1つがホネワシに直撃した。

炎の弾丸は小規模な爆発を起こし、直撃したホネワシの近くを飛んでいたホネワシまでも一緒に丸焼きにしてしまった。

炎を圧縮することで、スピードを上げつつも威力の低下を抑えているのか……！

命中精度のフゥに対して、数撃ちゃ当たる、当たればデカいのロック。

2人が放つ氷と炎の弾丸は、2つに分かれたホネワシの群れを瞬《またた》く間《ま》に全滅させた。

「フゥもロックもすごい！　俺じゃあんな離れた敵、どうすることも出来なかったよ！」

「クゥ～！」

素直に喜ぶロック。フゥは少し微笑みを見せたが、手放しには喜ばない。

「威勢《いせい》のいいことを言ったが、最後はロックの助けなしでは危うかった。もっと射撃の精度と速度を両立させなければな」

そう言ってフゥはロックの頭を撫でて、感謝の気持ちを伝える。

俺もフゥにそのままの感謝の気持ちを伝える。

「やっぱり、フゥは立派な人だ。助けてくれてありがとう」

「なぁに、今回は私の得意とする相手だっただけだ。近接戦闘になれば、私がユートに守ってもらう立場になる。その時はよろしく頼むぞ」

「ああ、もちろんさ」

「クゥ～！」

ロックは「自分は遠距離も近距離も戦える」と言わんばかりに翼をパタパタさせる。

本当にその通りだから、いつも頼りにさせてもらっている。

「いやぁ～、これで集合時間には間に合いそうですねぇ……へへへ」

御者も笑顔だ。しかし、シウルさんだけは腕を組んでムスッとした表情だ。

「シウルさんの出番は、まだまだこれからですから……！」

俺はこの戦闘で彼女に出番がなかったから不機嫌《ふきげん》なんだと思った。でも、それは違った。

「ホネワシが大きな群れを作る場合は2つ。1つは大量もしくは強大な獲物を見つけた時。フェロモンで仲間を呼んで数の力で押し切ろうとする。もう1つは仲間の死肉の臭《にお》いを嗅ぎつけた時。複数の群れが引き寄せられて自然と合流する。後者は死肉の臭《にお》いが強いほど起こりやすい……」

「それって、まさか……」

「この馬車にはロックがいるけど、おそらくドラゴンは強大過ぎて獲物とは認識しない。というか、ホネワシたちが遠くの存在を感知する時に使えるのは、優れた嗅覚のみ。視覚も聴覚もそこまで発達してはいない……。ロック、御者の隣に置いてあった彼の荷物を持って来て」

「クゥ！」

シウルさんの指示を受けたロックは客席から飛び出し、前方の御者の席から荷物を奪って来る。

「あっ！　な、何をなさるのです⁉」

困惑《こんわく》する御者を無視して、シウルさんは受け取った荷物の中身を改める。

その中には……乾《かわ》いた肉がこびりついた、明らかに鳥類らしき骨が複数入っていた。

「魔獣の生態を理解していなければ作れない巧妙《こうみょう》な罠ね」

「だが、シウル……この骨と肉からはほとんど臭《にお》いがしないぞ」

フゥの言う通り、俺も骨からは臭《にお》いを感じない。上手く乾燥させてあるように見える。

「人間の嗅覚では認識出来ない臭《にお》い……これも一種のフェロモンなのよ。死後、時間が経つほど死肉が放つ臭《にお》いは強くなるけど、それは私たちにはわからない。魔獣には魔獣だけの世界がある。彼らの本能を揺さぶる光や音や臭《にお》いを理解すれば、戦い方も見えて来るわ」

「だから、最新の情報が載った魔獣図鑑が必要なんですね」

「そういうこと！」

シウルさんが得意げな笑顔を見せた瞬間、馬車がぐらりと揺れて止まった。

よろめいた彼女を俺が受け止める。

「ありがとう、ユート！　も〜、人がせっかくカッコよく決めたと思ってたら……」

馬車が止まった原因はハッキリしている。御者が俺たちに弁明するためだ。

「も、申し訳ございません……！　雇《やと》い主にやれと言われたのです……！」

「雇い主って『鉄の雲』で合ってるわよね？」

「……はい！　ですが、このことはあの方には内密に……いえっ、都合のいいことを言っているのはわかっているのですが、私も身を危険に晒《さら》してやっているのです……！　この稼ぎがなければ、家族も養《やしな》うことが出来ないのです……！」

「いいわ、今回のことは許してあげる」

シウルさんは御者の荷物から抜き取った骨だけを窓から投げ捨てた。

「え……いいのですか？　あっ、ありがとうございます……！」

「私は生きるために悪事に加担した人間を非難出来るような人間じゃない。あなたとは似た者同士なのよ。でも、いつまでもそんな生き方じゃダメ。大変だとは思うけど、別の雇い主を探しなさい」

「それは……わかっているのですが……」

「どちらにせよ、今の雇い主……『鉄の雲』は近々ぶっ潰れると思うから」

「えっ……!?」

「とりあえず、馬車を動かしてちょうだい」

御者は驚いた顔のままそそくさと席に戻り、馬に鞭《むち》を入れた。馬車が再び動き出す。

「クサいことを言っちゃったかしら?」

シウルさんが苦笑いしながら言う。

「いえ、きっと彼の心に響いたと思います」

俺がそう言うと、フゥもうんうんと力強くうなずく。

「蜘蛛狩りが始まる前から、なかなかインパクトのあるジャブをかましてきたものだ……。これはいざ樹林の中に入ったら何が起こるかわからんな。聖域と呼ぶより、伏魔殿《ふくまでん》がふさわしい」

「ああ、まったくだ。すでに疑惑は確信に変わりつつある……」

移動しながらホネワシを狩ったので、遅れはほとんど出なかった。

俺たちは遅刻することなく、伏魔殿——ガルゴ大林道が通るアミダ樹林にたどり着いた。

第3章　ガルゴ・グンダム

アミダ樹林は、王領とドライスト領のちょうど境目にそびえる山脈のふもとに広がる、鬱蒼《うっそう》とした樹林帯だ。

ガルゴ大林道はそんな樹林帯を貫き、山と山の間を抜け、ひたすら東へと伸びる。

馬車はそんなガルゴ大林道の入口まで俺たちを運んでくれた。

入口といっても、それをハッキリ伝えてくれるアーチがあるわけじゃない。

ただ、そこだけ周囲と比べてまったく木々が生《は》えていないため、入口とわかるだけだ。

一応、入口の近くには緊急避難用の砦《とりで》が建てられている。堅牢《けんろう》な石造りで、その中には保存食や各種薬品が常備され、場合によっては宿泊施設としても機能する。

林道内で魔獣や野盗に襲われたり、体調を崩《くず》したりした場合は誰でもここを利用していい。

ここの管理も『鉄の雲』が行っていて、砦の常備品を盗み出そうものなら、地の果てまで追いかけられる……なんて話もある。

今現在、砦は蜘蛛狩りの準備を行う拠点として使われているようだ。

『鉄の雲』のメンバーらしき冒険者たちが、何かに追われるようにせかせかと働いている。

サボる人がいないのは良いことだけど、何だか余裕のなさを感じてしまうのは、俺を蜘蛛狩りに勧誘しに来た2人の冒険者のイメージを引きずっているだけだろうか。

「とりあえず、俺たちの到着を誰かに伝えておかないと……」

そこまで忙しそうじゃなくて、そこそこ立場が上の人に声をかけたいところだ。

全体を見渡してみると、自分の手を動かさず、他のメンバーの働きを注視している女性を見つけた。白に近い金髪を編《あ》んで頭の後ろでまとめ、衣服も気のせいかきらびやかで高貴《こうき》な雰囲気だ。

ぼんやりと既視感を覚えるのは、どことなく『黒の雷霆』時代のシウルさんに似ているからか。

「おはようございます。『キルトのギルド』から冒険者3名と従魔1匹、ただいま到着しました」

「……来たか、シウル・トゥルーデル」

女性は俺には目もくれず、シウルさんの方を見ていた。

そして、俺が「知り合いですか？」と尋ねる前に、シウルさんが叫んだ。

「えっ、ちょっと待って……。あなた、ユリーカなの!?　ユリーカ……えっと、ルドベキア！」

「へぇ、あんたの頭でも私の名前くらいは覚えていたのね」

知り合いであるのは間違いなさそうだが、雰囲気は決して良くない。

2人の視線はぶつかり、まさに火花が散っているという表現が似合う。

「なんだなんだ、昔2人で男の取り合いでもしたのか？」

フゥが面倒なことになりそうな話題で2人の間に割って入る……。

シウルさんは「フッ……」と鼻で笑って得意げに話し始めた。

「取り合う？　こいつと私で？　ふんっ、あり得ないわ！　私が本気で狙ったら、『取り合う』なんてことはまず起こらない！　私を選ばない人はいないから！」

「あんたは今もそうやって生きてるんでしょうね」

呆《あき》れ顔のユリーカさん。シウルさんは食ってかかる。

「それ、どういうことよ？」

「言葉の通りよ。あんたは昔の私たちみたいな生き方をまだ続けてるんでしょ？　強い人間に媚《こ》びて取り入るだけの、能力のない人間の生き方を……！」

「なっ……何を根拠にそんなこと……！」

「提出された蜘蛛狩り参加の同意書よ。あんた……まだE級冒険者じゃない。何年冒険者続けてるのよ？　私はB級にまで上り詰めたというのに」

「えっ、すごっ……じゃなくて！　それは……あのっ、私にも色々事情があって……」

マズい、シウルさんの劣勢《れっせい》というか、勝ち目がなさそうだ。

ここは俺が割って入って話を逸《そ》らすというか、純粋に2人の関係性を知りたい。

「あの、2人はどういうご関係で……？」

恐る恐る聞いてみると、やっとユリーカさんがこちらを見た。

「昔……同じ冒険者ギルドにいたことがあるだけよ。別に仲が良かったわけじゃない。ただ、お互いに天涯孤独《てんがいこどく》で、何かにすがって生きる以外になかった。だから、多少の親近感はあったわ」

「それじゃあ、どうしてそんな喧嘩腰なんですか？」

「言ったでしょ？　別に仲良しじゃないのよ。それに誰かの寵愛《ちょうあい》というのは、独り占めするからこそ意味がある。似た者同士の私たちは、同じ組織では相容《あいい》れない存在になる。あの時は私よりこの子が愛されて、私はギルドを出て行った……。でも、それが転機だった」

ずっとしかめっ面だったユリーカさんが笑顔を見せる。熱に浮かされたような笑顔だ。

「この『鉄の雲』は実力だけが正義！　実力至上主義を掲《かか》げるギルドは数あれど、どこもかしこも名ばかりの張りぼて！　結局はギルドマスターに気に入られた人間が得をするってのは、あんたが一番知っているでしょう？　シウル・トゥルーデル！」

「う、うぐぅ……」

シウルさんは呻《うめ》くことしか出来ない。彼女がそうして生きて来たのは否定出来ない事実だ。

「でも、『鉄の雲』は違う。容姿も経歴も人間性も関係ない。力なき者はいなくなり、力ある者だけが重用《じゅうよう》される。残酷《ざんこく》なようで、これほど幸せなことはないわ。わずらわしい人間関係に囚《とら》われず、ひたすらに自分を磨き上げるだけで良いのだから！」

そうして彼女はB級、ギルド内では幹部と呼ばれるランクまで成長した……と。

だから、何も成長していないように見えるシウルさんを見下しているのか。

「た、確かに私のランクはまだEだけど……それは前に所属していたギルドの不祥事《ふしょうじ》に関わったからペナルティで評価が下がってただけで、そろそろD級になってもおかしくないし……！」

「それでもD級がやっとなのね。私はB級なのに」

「キ、キィィィーーーーーーッ!!」

やっぱりシウルさんが何言っても勝てそうにない！　ここは俺が場を収めないと……！

「努力も成長のスピードも人それぞれです。かつてのシウルさんは、あまり褒められたものではありませんでしたけど……今は違うんです。彼女は冒険者として真面目に働いています」

「ユート……ありがとう！　嬉しいっ！」

シウルさんが俺の腕に抱き着いて頬ずりする。

こういうことするから、媚びてるって見られるんじゃないかなぁ……と思いつつ、これが彼女の感情の表し方なんだから仕方がない。

「ふん……。今度は自分より若い男に取り入ってるのね。将来性があるし、男は若ければ若いほど手玉に取りやすいものね」

「俺はシウルさんに取り入られているつもりも、手玉に取られているつもりもありませんよ。そもそも俺はギルドマスターではありませんし、媚びたところで何も得られはしません」

「それはあなたが自分の価値を見誤っているだけよ、ユート・ドライグくん。あなたに気に入られたい理由と意味を見いだせる人間は、世の中にたくさんいるんだから」

「そう……ですかね？」

「うふふ……我らがギルドマスター、ガルゴ・グンダムもその1人。あなたの能力を評価しているからこそ、蜘蛛狩りへの協力を要請《ようせい》したのだから」

疑惑を知っていると、何とも白々《しらじら》しい言葉に聞こえるな……。

いや、いくら黒に近くても疑惑は疑惑。あまり先入観を持って物事を見ない方がいいか。

「しかしながら、そんなユートくんが連れて来たのが、あのシウルと最近冒険者になったばかりの少女とは……。やはり、もう1つのパーティにも協力要請を出しておいたガルドさんの慧眼《けいがん》には感服するしかない……！」

もう1つのパーティ……だって？　その情報は初耳だぞ……！

これが『鉄の雲』の息がかかったパーティなのか、それとも俺たちと同じように完全な外部から呼ばれたゲストパーティなのかで話が変わって来る。

もし後者なら、彼らのことを毒牙《どくが》から守りながらの戦いも想定される。

前者みたいな完全な敵として現れるより、よほど対応が難しい……。

……いや、今は自分たちを守ることだけを考えよう。

過去の蜘蛛狩りで、意識不明や全身麻痺《まひ》になった冒険者は出ていても死者はいない。

真実をすべて明らかにして、解毒《げどく》の方法を後から探すという救い方もあるだろう。

もちろん、出来ればその場で全員を守り切りたいところだが……。

「じゃあ、蜘蛛狩りの参加者が揃うまで、そこらへんでおとなしくしてなさい。わかってると思うけど、勝手に樹林の中に入らないことね」

「はい。それはわかってます」

「ただその時が来るのを待っていればいいのよ。私はまだ準備があるから」

そう言って、ユリーカさんは俺たちから離れた。

声が聞こえなくなるくらい離れたところで、シウルさんが悔しそうに小声で叫んだ。

「キィー！　言われっぱなしで悔しいっ！　でも、言い返す言葉がないっ！」

「実力至上主義の『鉄の雲』で、幹部にまで上り詰めたのは素直にすごいですね」

「昔は私と大差ない実力だったし、冒険者の仕事だってやる気がなかったのに……。私が立ち止まっている間にずいぶん変わっちゃったのね……」

「いや、もしかしたら彼女はそれほど変わってないかもしれません」

俺がついポロリとこぼした言葉に、シウルさんだけでなくフゥも驚いた顔をする。

「どういうことだ？　かつてシウルと同レベルだった人間が、簡単になれるほどB級とは甘いものではないのだろう？　ユートですらまだC級なのだからな」

「うん、その通りだよ。B級への昇格には試験もあるし、簡単なことじゃない。そういう面は変わったんだと思う。でも、彼女の誰かに媚びて生きる生き方は変わってない。実力至上主義のガルゴに媚びるために、彼女も実力至上主義になった気がしてならないんだ」

「だが……それで実際に強くなったのなら、良いのではないか？」

「それはそうかもしれないけど……本当の彼女はそれでいいのかなって。今の自分がありたい自分で、満足してるのかなって……お節介《せっかい》だけど思っちゃうんだ。その点、シウルさんは今の自分のこと、結構好きなんじゃないですか？」

「そりゃね！　夢や願いがすべて実現してるわけじゃないけど、前の私と比べたら今の私は世界一の幸せ者だと思うわ！」

「幸せと言える今をシウルさんは自分の意志で掴んだ。誰かに命令されたわけでも、強制されたわけでもなく……。それは人として十分前進していると思います。ランクなんて今のシウルさんが望めば、後からいくらでもついて来ますよ」

「ユート……！」

ちょっと上から目線の発言になっちゃったかな……と思っていたら、シウルさんがガバッと体に抱き着いて来た。そして、背中をバシバシと叩かれる！

「そうそう！　そんな感じで励《はげ》ましてほしかったのよ！　いいこと言うわね、ユート！」

「い、いえ……それほどでも……！」

まあ、本当に『黒の雷霆』の頃からそこまで変わってないよな、シウルさんは。

環境や考え方に変化があっただけで、人格はそのままだ。

「とりあえず、今はおとなしく待ちましょう。もう1組のゲストパーティやギルドマスターであるガルゴ・グンダムが現場に現れないと、蜘蛛狩りは進みませんから」

俺たちは潜入捜査という真の目的が察知されないよう静かに待った。

◇　◇　◇

時は流れ、蜘蛛狩り開始時刻――。

もう1組のゲストパーティどころか、肝心のガルゴ・グンダムまでもが遅刻していた！

ゲストパーティの方はもしや、俺たちが馬車の御者によってホネワシをおびき寄せられたように、何らかの魔獣に襲われているのかもしれない……。

しかし、蜘蛛狩りの責任者であるガルゴ自身が遅れているようでは、遅刻を咎《とが》める資格なんてなくなってしまうような……。

なんてことを考えていると、ボロボロになった馬車が1台、砦の前に止まった。

その損傷具合を見れば、誰が乗っているかはおおよそ見当がつく。

「おっ、遅れて申し訳ありませーーーーーんっ！」

馬車から飛び出すと同時に地面に頭をついて謝罪をしたのは、もじゃもじゃとした灰色のクセっ毛が特徴の青年だった。一瞬しか表情は見えなかったが……この世の終わりみたいな顔色だった。

クセっ毛の青年に倣《なら》う形で、ドタドタと馬車から降りて来た残り2人も頭を下げる。

1人は染《そ》め方にムラが出ている茶髪の青年で、チャラチャラした鎖《くさり》のアクセサリーや頭の剃《そ》り込《こ》みがやんちゃに見えるが、顔つきは田舎から出て来た時の俺みたいだ。

正直……お世辞《せじ》にも今の彼に似合っているファッションスタイルとは言えない。

もう1人は女性で、のほほんとした表情をしているが、これは生まれつきだろう。内心はとっても焦っていると思う……。

ふんわりと内向きにカールさせた空色の髪と大きな空色の瞳《ひとみ》もまた、柔らかな印象を与える。

「おうおうおうっ!?　俺たちとの共同任務に遅刻するたぁ……いい度胸《どきょう》じゃねぇか！」

「どう落とし前をつけてくれるんだぁ……あぁん!?」

「土下座程度で許されると思うなよなぁ!?　舐《な》めてんのか、てめぇらよぉ!?」

何かに追われるように、ビクビクしながら準備作業をしていた人たちとは思えない豹変《ひょうへん》っぷり！

しかも、彼らのマスターであるガルゴはさらに遅刻してるんだぞ……？

よくもまあ、ここまで罵詈雑言《ばりぞうごん》を吐きかけることが出来るものだ。

「そ、その……道中で馬車が魔獣に襲われまして……！　それを退治していたら、遅れてしまったわけなんです……！」

おそらくパーティのリーダーなのだろう。クセっ毛の青年が仲間よりも前に出て釈明《しゃくめい》する。

しかし、『鉄の雲』のメンバーたちは、そんなことお構いなし……というか、その言葉を待ってましたと言わんばかりにヒートアップする。

「言い訳してんじゃねぇ！　時間厳守はプロなら当然のことだぁ！」

「それともなんだぁ……？　俺たちの用意した馬車が気に入らねぇってのか⁉」

「冒険者なら、時間に間に合うように魔獣をぶっ倒して来いよぉ⁉」

やはり魔獣を馬車に呼び寄せる仕掛けの意味は、ゲストパーティを遅刻させて罪悪感を植え付け、抵抗しにくいようにした状態で叩くことにあるようだ。

こうすれば、無茶《むちゃ》な命令にも従いやすくなるし、普段のパフォーマンスも発揮出来ない。

ゲストパーティを自然な流れでクモの餌食《えじき》にして冒険者生命を断ちたいのなら、彼らの作戦は順調に進んでいると言わざるを得ない。

だがしかし、その作戦を俺が理解してしまった以上、見過ごすことは出来ないな。

「すみません！　もう、それくらいにしてあげたら……」

俺が仲裁《ちゅうさい》に入ろうとした時、新たな馬車がやって来た。

その馬車は俺たちが乗って来た馬車より明らかに豪華《ごうか》な作りで、それを引いている馬も通常の品種より骨格レベルで大きい……！

土煙《つちけむり》と共に馬車が停止し、そのドアが開かれる。

同時に、あれだけ罵詈雑言を吐いていた『鉄の雲』のメンバーたちが押し黙《だま》る。

さらにメンバーたちはピシッと一列に並び、馬車に向かって深々と頭を下げた。

「「「「おはようございますッ‼　ガルゴさんッ‼」」」」

大地を震わすような大声での挨拶……！

俺たちはあっけにとられ、その場に立ち尽くすだけだ。

「お前ら、準備は出来てんだろうな……？」

これだけ気合の入った挨拶に返事もせず、馬車の中から現れたのは……ガルゴ・グンダム。

約2メートルの巨体、全身を覆う筋肉、戦いで刻まれた傷、彫りの深い顔、毛髪のない頭部、飾り気のない衣服……どれも事前の情報通りだ。

彼がここに来ることも、当然知っていた。

でも、俺はガルゴが現れた時、心の底から驚いた。

人から聞いたり、文字で読んだり……それだけでは伝わらない存在感がこの男にはある。

「何やら騒がしかったが、まさかつまらないミスやトラブルを起こしてはいねぇよなァ……？」

言葉とは裏腹に、ガルゴは口角を上げて下品な笑みを浮かべる。

こいつも……ギルドのメンバーと同じように人のミスを心待ちにしているのか……？

いや、こいつがそんな人間だから、メンバーもそんな奴ばかりになるんだ。

重苦しい空気の中、ユリーカさんが一歩前へ進み出て、ガルゴへ報告を行う。

彼女自身は遅れて来たゲストパーティに罵詈雑言を吐きかけてはいなかったが、こういった報告は幹部である彼女の役目のようだ。

「ゲストパーティである『暁《あかつき》の風《かぜ》』の者たちが、30分も遅刻してきたもので……指導を行っておりました」

「ふむ、遅刻はいかんなァ……！」

ガルゴが青年たち――ギルド『暁の風』のメンバーたちの方へ視線を向ける。

彼らは明らかに怯えている。魔獣に襲われ、やっとのことで集合場所に着いたと思ったら、今度は罵詈雑言を浴びせられ、最後にはガルゴに目をつけられるんだ。

このままじゃ、蜘蛛狩りどころではない……。

まともな任務の責任者なら、ここでフォローする姿勢を見せるべきだ。

ただ、今回はそもそも遅刻の原因を仕込んだのが……責任を負うべきガルゴなんだ。

ガルゴは右腕を振り上げると、躊躇いなくクセっ毛の青年の顔面を殴《なぐ》りつけた。

「…………ッ!?」

声にならない呻きと共に、青年が数メートルは吹っ飛ぶ。手加減をしていないのか!?

「な、なんてことしやがっ……するんですか！」

仲間への暴力を目の当《ま》たり《あ》にしてなお、茶髪の青年はギリギリで理性を保った。

「俺たちはあなたたちが用意した馬車を使って、それで魔獣に襲われたんだ！　遅刻したのは俺たちだけの責任じゃあ……ギャッ!?」

茶髪の青年も殴り飛ばされ、激しく地面を転がる。

ガルゴは気味の悪いうすら笑いを浮かべる。

この蛮行《ばんこう》の前には、先ほどまで青年たちを罵《ののし》っていた『鉄の雲』のメンバーも顔面蒼白《がんめんそうはく》だ。

「言い訳無用。俺のギルドは俺がルールだァ……。遅刻はルール違反になっている。違反への制裁も俺が決める」

「ならテメェも遅刻してるだろうがッ！」

ハスキーでざらついた声……。でも、なぜか頭に直接響くような通り方をする。

声の主は『暁の風』の女性メンバー。ふんわりとした見た目からは想像出来ないくらい激しい怒り方でガルゴに食ってかかる。

しかし、ガルゴは顔をしかめることもなく無表情のまま答えた。

「俺がルールだ。俺にルール違反はない。そして……異議を唱える権利は誰にもない」

「そんな言葉を覚えたばかりのガキみたいな言い訳しやがってッ！」

一歩も引かない女性だったが、ガルゴが拳を握《にぎ》って一歩近づくと、強気な姿勢から一変。

胸の前で両手を組んで、見た目から想像していた柔らかな声を出した。

「お、女の子を殴るつもり……？　それでも男なのっ⁉」

「うちは実力至上主義……男女平等でやらせてもらってるんでなァ……！」

ガルゴは青年2人を殴った時と同じ動作をする。威力もおそらく同じ……。

「ひぃ……！」

女性が自分の腕で顔をかばうよりも早く、ガルゴの拳が彼女の顔面に……届くことはなかった。

俺がその間に割って入ったからだ。

腕を正面で交差させ、体内の魔力を一部に集中させて防御力を上げる体術を使った。キルトさんに習ったばかりの付け焼き刃だけど、何とかガルゴの拳を受け止めることに成功した。

それでも腕はミシミシと軋《きし》み、筋肉には痺れと激痛が伝わる……！

本当は最初に殴られた青年も、次の青年も守りたかった。

でも、俺はガルゴの存在感に圧倒されていた。足がすくんで動かなかったんだ。

情けないったらありゃしないが、それでも最後の1人は守れた。

いくらギルドマスターで、A級冒険者で、この任務の責任者だろうと……やって良いことと悪いことはある！

「お前は……ユート・ドライグか」

ガルゴが無表情で話す。もう彼の拳に力は入っていないが、引っ込めることもしない。

だから、俺も腕によるガードを解かずに返事をする。

「はい。『キルトのギルド』から来ました、ユート・ドライグです。お初にお目にかかります。『鉄の雲』のギルドマスター……ガルゴ・グンダムさん」

「挨拶は丁寧だが、やってることはルール違反だァ……。俺の拳を止めろと、誰が命令した？」

「ここではあなたがルールだとしても、それ以前に人として守るべきモラルがあります。それは組織が勝手に作ったルールよりも優先されます」

「ほう……俺の何がモラルに反してると言うんだァ……？」

ガルゴは歯をむき出しにして笑う。そこからは怒りの感情を感じない。むしろ、喜び……？　何かに興奮しているような不気味な雰囲気がある。

それでも、俺には引き下がる気はなかった。こうして、前に立ちはだかった時点で……！

「確かに遅刻はいけないことです。でも、今回の彼らには致《いた》し方《かた》ない理由があった。馬車も時間もルートも決定権はない。魔獣に襲われたのは彼らのせいではないはずです」

暗《あん》に彼らが遅れたのはお前たちのせいだと言ってみる。

ガルゴはこれでも怒りを見せず、下品な笑みを浮かべたままだ。

ここまで来たら、思っていることを全部ぶつけてみるか……！

「それに彼らは真っ先に謝罪していました。遅れた理由を語る前にまず頭を下げたんです。その謙《けん》虚《きょ》な姿勢を知ろうともせず、問答無用で暴力を振るうのがルールだというのなら……それは人の道を外れた行いです。その行いを正当化出来るルールなどこの世に存在しません」

自分より上の立場の人間の行いを全否定するのは、我ながら度胸があるなと思う。

だが、これが俺という人間だ。『黒の雷霆』でもこんなことをずっとやって来た。

たとえ嫌われたり、恨まれたりしたって、俺の言葉が間違っているとは思わない。

「フ、フフフ……人の道を外れた行いかァ……」

ガルゴが低い声で笑った次の瞬間、俺の体はすさまじい衝撃を受けて後方へ吹っ飛んだ……！

「ぐぅ……⁉　な、何が……っ⁉」

混乱したまま空中で体勢を立て直し、運良く足から着地することが出来た。

しかし、俺を吹っ飛ばしたものの正体は掴めない……！

衝撃は俺の腕……いや、ガルゴの拳から伝わって来た。

でも、ガルゴはまったく拳を動かしていない。それなのに、まるで全力で振りかぶって殴られたような衝撃が俺の全身に走った。

おかげで両腕が完全に痺れて感覚がない……。これでは剣も握れないだろう。

「お前みたいな世間を知らないガキがァ……人の道を語るなんざ調子に乗ってる証拠だァ……。だから、俺が人生の先輩として、本当に人の道を外れた行いってのを……見せてやろう」

張り詰めていた空気がさらに張り詰め、それを感じ取った『鉄の雲』のメンバーの中には、小さく悲鳴を上げてダラダラと冷や汗を流す人まで出て来た。

仲間すらここまで震え上がるってことは……ガルゴは本気で何かしでかそうとしている！

まだクモに出会ってないどころか、樹林にすら入ってないこの段階で……？

俺が挑発し過ぎたか……？　いや、この程度で理性を失う人間が、グランドギルドに証拠を掴ませないような巧妙な手口で新人潰しを続けられるとは思えない。

何か今回のこの状況にだけ、ガルゴに冷静さを失わせる理由があったのか……⁉

「くっ……！」

俺は徐々に痺れが取れて来た手で、竜牙剣の柄《つか》を掴む。

時に魔獣を塵《ちり》にしてしまうこの剣の刃を、人に向けるわけにはいかない。

しかし、今回の任務は人と戦う可能性も大いにある。そんな時、竜牙剣を腰に下げた飾りにしておくわけにはいかない。

だから、新たな切り札を用意したけど……もうここで切ることになるのか……!?

「……クゥ」

俺とガルゴの間にロックが割って入った。

大きな鳴き声を上げることもなく、堂々とした動きでガルゴを見据《みす》える。

「こいつがァ……ウワサのドラゴンか。揃いも揃って生意気なガキなこったァ……！」

ガルゴが大きな両手をパンッと一度打った。

それだけで爆音、衝撃、暴風が巻き起こる……！

『鉄の雲』のメンバーの中には、ついに腰を抜かして立てなくなった人まで現れた。

だが、ロックは態度を変えない。威嚇《いかく》すらしていない。ただ、その場を動かない。最強の魔獣ドラゴンとしての威厳《いげん》が、ロックにはすでに備わっているんだ。

ガルゴとロックのにらみ合いは続き、その間に俺の両腕もだいぶ感覚を取り戻した。

ここで戦うことになるなら、潜入任務としては失敗になる……。

でも、ガルゴが攻撃を仕掛けて来るなら、応戦しない選択肢はない。

あっちのギルドのメンバーは、ほとんどが顔面蒼白で呆然《ぼうぜん》としている。

それに対して、こちらのメンバーは全員戦う意思を示している。

シウルさんは猫のように毛を逆立て、フゥは白いローブの下のマギアガンに手をかけ、ロックに至ってはすでにガルゴと戦っていると言ってもいい。

ここでの戦いに勝ったとしても、俺たちがその後どうなるかはわからない。

ただ、ここで抵抗しなければ確実に俺たちの明日はない……！

呼吸も苦しくなるほど重い空気の中、最初に動いたのは……俺の背後の樹森から飛び出して来た巨大なクモの群れだった。

「キシャアアアアアアアアアーーーーーーッ!!」

耳障《みみざわ》りな音を牙の生えた口から発し、カサカサと8本の脚をせわしなく動かして迫り来る。

「これが……ゴウガシャグモか！」

濃い灰色の体、血のように赤い複数の目、びっしりと短い毛が生えた脚——脚も含めた横幅は2メートル以上、高さも1メートル強はある巨大な虫だ！

俺はとっさに姿勢を低くし、息と気配を殺す。

この行動に意味があったのかはわからないが、クモたちが最初に狙ったのは俺ではなく、一番体が大きくて目立つガルゴだった。

「あいつら……半端な仕事しやがって……！」

誰に対してかはわからないが、ガルゴが初めて怒りをあらわにした。

そして、飛びかかって来たクモを拳で殴りつけ、バラバラにしていく。武器も魔法も使っていない……何という身体能力だ……！

「ユート！　そっちにも行ってるわよ！」

シウルさんの呼びかけで、俺は視線をガルゴから周りへと向ける。

クモはいつの間にか数十体湧き出ていて、ガルゴ以外にも襲い掛かっていた。

当然俺も例外ではなく、巨大なクモが背後に迫って来ていた……！

「クアァァァァァーーーーーーッ!!」

ロックが口から炎を吐き、複数のクモを一気に丸焼きにして助けてくれた！

「ありがとう、ロック！　ボケッとしていてすまない……！」

「クー！」

ロックはそのまま『鉄の雲』のメンバーに襲い掛かるクモも焼き払い、ゴウガシャグモの急襲《きゅうしゅう》は何とか大きな怪我人を出さずに切り抜けられた。

「……少し頭が冷えた。こんなところでお前とやりあったら、もったいないにもほどがある」

ガルゴは真顔に戻っていた。振り上げた拳をクモ相手に下ろしたことで落ち着いたんだ。

これで何とか潜入捜査は続けられそうだ……なんて俺が呑気《のんき》に考えていると、ガルゴはまたもや口角を上げてニィッと笑っていた。

「それに……お前よりも俺の機嫌を損《そこ》ねる奴らが出て来ちまったァ……！」

そう言ってガルゴは、ゴウガシャグモの襲来でパニックになったメンバーたちの前に立った。

「一度でも腰を抜かして地面に尻をついた奴はァ……クビだ。今すぐ馬車に乗ってトーザに帰り、蜘蛛狩りが終わって俺が帰還するまでに、荷物をまとめていなくなってろ」

実力至上主義――『鉄の雲』の本当の掟《おきて》。

ガルゴが気分で決めるルールとは、まったく重みが違うように感じる。

蜘蛛狩りに来ている以上、どんな状況でもクモの襲撃を想定すべしというのは、理屈が通っているように思える。腰を抜かすようではダメというのもわかる。

ただ、今回『鉄の雲』のメンバーが腰を抜かすに至った原因は……ガルゴにあると思う。

ガルゴが『暁の風』の青年たちを殴り始めたあたりから、もう『鉄の雲』のメンバーには精神的な余裕がなくなり始めていた。これでは突然現れた敵に驚くのも無理はない。

「ま、待ってください、ガルゴさん……！　今回は尻もちをついてしまいましたが、普段はそんなことありません！　どうか、私を見逃してください……！」

メンバーの1人が両膝をついて許しを請《こ》う。まるで命乞《いのちご》いのようだ……。

「おい、御者……。馬車のドアを開けろ」

ガルゴは自分が乗って来た馬車のドアを開けさせる。そして、メンバーの胸ぐらを掴み、ゴミ箱にゴミを投げるように馬車の中へと放り込んだ。

「おっ、上手く入ったなァ……」

その反応もまた、遠くのゴミ箱に上手くゴミが入った時のようだった。

「これもモラルに反しているかァ……？　ユート・ドライグよ」

「……投げる必要はないと思います」

辞めさせ方も理不尽《りふじん》だし、メンバーたちはショックなんだろうけど……これから先こんなギルドに関わらずに済むのなら、その方が彼らのためだ。

仲間が馬車に投げ入れられたのを見て、クビと言われた他のメンバーはそそくさと自分から馬車へ乗り込んでいく。

「あの、ガルゴさん……トーザの街に帰るには大林道を通らねばなりませんが……」

馬車の御者が恐る恐るガルゴに尋ねる。

大林道は蜘蛛狩りのために封鎖されているから、トーザに人を送り返すには山脈を回り込む必要がある。それでは馬車がガルゴより先に帰ることは出来ないだろう。

「ああ、そうだなァ……仕方がない。近くの村にでも連れて行け。現地解散だ」

「了解しました……！」

俺たちを乗せて来た馬車も含めて、待機していた3台の馬車は脱落したメンバーを乗せて樹林から離れて行った。

これで『鉄の雲』の戦力は3分の1ほど減少したことになる。

俺たちとしてはやりやすくなったが……同業者としていたたまれない気持ちにはなるな。

「さて……お前たちも多少は根性《こんじょう》があるようだァ……。蜘蛛狩りへの参加を認めてやろう」

ガルゴは『暁の風』の3人の方に向き直って言った。

殴られた2人はクモが襲って来る前には立ち上がっていて、その後は倒れていない。つまり、ガルゴの中にある基準をクリアしたということか……。

「それではァ……蜘蛛狩りの手順を説明する。俺の椅子を用意したら整列しろ」

「「「「はいっ！」」」」

『鉄の雲』のメンバーたちが一斉に動き出し、ガルゴが座るための大きな木箱を運んで来る。

その間にフゥが、殴られて顔を腫《は》らした『暁の風』の青年たちの元に駆け寄り、自分のポーションを差し出した。

「その顔ではこれからの戦いが辛かろう。これを使うといい。その程度の傷はすぐに治る」

「あ、ありがとう……。でも、悪いよ……」

「いいから使えというのだ」

フゥはポーションの瓶のコルクを抜き、中身を顔の腫れた部分にぶっかけた。

すると、瞬く間に顔から腫れと赤みが消えていった。

「す、すごい効果だ……！　こんな高品質のポーション、絶対高いですよね……？　必ず後で代金をお支払いします……！」

「構わん構わん。私の地元では安いポーションだ」

ジューネ製のポーションは高級ポーションより回復力は劣るが、生産のコストパフォーマンスが飛びぬけていて、高いレベルで安定した品質のポーションを安価で量産出来るらしい。

ただ、それをそのまま外の世界に流せば、完全なる価格破壊になってしまう。

そのため、今はジューネ製のポーションを生産コストに対して割高な値段で販売している。

安くて優れたポーションが手に入った方が冒険者は助かるけれど、ポーションは人気商品ゆえに価格が破壊されると市場に大きな影響を与えてしまう。

そうなると、場合によってはジューネ族全体を恨む人が出て来る。商売の世界は難しい……。

とりあえず、ジューネ製のポーションの値下げは徐々に行《おこな》っていき、市場と他の生産者の反応を観察していく予定みたいだ。

ただし、そんな事情はフゥ個人には関係ない。

外の世界で働く彼女の身を案じた村の人々が、たくさんポーションを送ってきてくれるため、彼女だけはタダで使いまくれるというわけだ。

「お前たち、口を開けてみろ」

フゥに言われて青年たちは「あーん」と口を開ける。

「ところどころ切れて血が出ているが、歯は折れなくて良かったな。流石にこのポーションに歯を生《は》やすほどの効果はない」

そう言ってフゥはポーションを青年たちの口に流し込む。

「液体を口の中に溜めて、10秒ほど数えてから飲み込め。それで完治する」

青年たちは顔を見合わせて10秒数え、ポーションを飲み込んだ。

「本当に治った……！　ありがとうございます！　ぜひ、お名前を……いや、ここは僕たちから名乗るべきですね。僕はシェイ・カインドと申します」

灰色のクセっ毛の青年はペコリと頭を下げる。

「おっす！　俺はデイビット・エスカー！『暁の風』のD級冒険者！　ランクはまだまだっすけど、熱さだけは上から数えて100位内に入るくらいの冒険者だと自負してるっす！」

確かに熱い茶髪の青年は、振り下ろすように勢い良く頭を下げた。

「ついでに私はノイジィ・エモよ！　私もD級だけど、かわいさはS級なのよ」

空色の髪の少女は真面目な顔でそう言い切った。自分に自信を持てるのは素晴らしいことだ。

「私はフゥ・ジューネ。遥か北にそびえるヒーメル山のふもとに暮らすジューネ族だ。もっと話したいことはあるが……今はあいつの話を聞こうぞ」

あいつ——ガルゴは『鉄の雲』のメンバーが運んで来た大きな木箱にどっかりと座った。

ガルゴ自身の座高の高さと木箱の大きさが合わさって、座ったままでも俺たちを見下ろせる状態になっている。

良くも悪くも、自分が一番偉いというアピールを万事徹底《ばんじてってい》している……。

「一度しか言わんからよく聞くことだ。といっても……これを理解出来ないような人間はそもそも蜘蛛狩りには呼ばんから、安心して聞くといい……」

まず、ガルゴは俺たちゲストパーティの方に視線を向けた。

「森の中にはすでに先遣隊《せんけんたい》が入っている。先んじてクモの位置を調べ、討伐しやすいよう群れに刺激を与えてこちら側におびき寄せる役割だ。ただ、今回は刺激し過ぎてるようだァ……。そのせいで本来アミダ樹林から出て来ようとしないゴウガシャグモが飛び出して来やがった。後でペナルティを与えないとなァ……！」

ガルゴがまた下品な笑みを浮かべる。もう見慣れてしまった……。

どうやら、彼は誰かのミスを追及することと、自分に追い詰められた相手がうろたえる様子に興奮を覚えるらしい。

興奮している時は若干しゃべり方も変わるからわかりやすい。

まあ、わかったところで気分が悪くなるだけなんだが……。

「お前らゲストパーティは、大林道を挟んで北と南に分かれて樹林の中に入ってもらう。そして、遭遇《そうぐう》したゴウガシャグモを討伐しつつ東へ進み、アミダ樹林からの脱出を目指すわけだ。何とも簡単な指示だろう……？」

俺たちは事前に蜘蛛狩りの情報を頭に叩き込んであるので、シンプル過ぎる指示が出ても驚くことはない……が、少し驚いた演技はしておくし、質問もしてみる。

「本当にクモを倒しながら東に進むだけでいいんですか？」

「ああ、それでいい。ゴウガシャグモってのはァ……しょせん虫なんだ。脅威に対して弱い個体から順番にぶつけるという愚策《ぐさく》……戦力の逐次《ちくじ》投入を毎回やって来る。逆に言えば、本当に倒したいマザータイプが出て来るのは最後ってわけだ……。だから、こちらも同じやり方で応える」

「弱い俺たちから先に樹林の中に入れて戦わせ、クモの弱い個体を倒させる。そして、強い個体が出て来る頃には、森を抜けさせるってことですね」

「フフフ……自分の立場がわかって来たようだなァ……。その通りだ。お前たちはこちら側の雑魚として、あちら側の雑魚の数を減らし、強い個体を動かす撒き餌《まえ》になればいいんだァ……」

挑発的な表現ではあるが、実際俺たちの役割を簡単に説明するとそうなる。

危険な役割に思えるが、本当に強い個体が現れる前に樹林を抜けろとは言っているので、一見すると俺たちの身の安全を無視しているようには思えない。

実際、順調に仕事をこなし、無傷で蜘蛛狩りを終えたゲストパーティも存在する。

彼らは蜘蛛狩りという任務を「簡単なお仕事」と表現した。

弱い個体を相手にしながら東へ進むだけで、高い評価と報酬を得ることが出来た——と。

一方、パーティ全員が冒険者として再起不能に陥《おちい》る事件も起きている。

大怪我をした奴は才能がなかっただけ——と、グランドギルドの聞き取りにガルゴは答えた。

魔獣を絡めた陰謀《いんぼう》は、結局敗北した本人が弱かっただけと切り捨てられてしまうことが多い。

本人が証言すらままならない状態になった場合などは特にだ。

だから、俺たちが無事に蜘蛛狩りを切り抜け、真実を暴かなければならない……！

「ゴウガシャグモの生態を一番理解しているのは俺だ。口出しは断じて許さん……。ただ俺に従っていれば任務は成功する。わかったかァ……ユート・ドライグ、シェイ・カインド」

「はい！」

「……は、はい」

俺の返事と比べると、シェイの返事はあまりにも弱々しかった。

そりゃ、自分の顔面をいきなり殴りつけた相手からの命令だ。信用出来ないだろうな……。

しかも、本当に信用してはならない可能性が高いのがまた不憫《ふびん》だ。

「シェイ、しっかりするんだ。ただクモを倒しながら東へ抜ければいいだけさ。この蜘蛛狩りに選ばれた時点で、君たちの実力は評価されてるんだ。自信を持って、胸を張って、戦うんだ！」

「あ、ありがとう……ユートくん。そうだね……良い結果はいつも頭の少し上に飛んで来る。うつむいていたら、掴み取ることは出来ないね……！」

「ああ、その意気だ！」

ガルゴの前でも気にせずシェイを励ます。この行為が怒りを買うはずはないからだ。

今からクモをけしかけて俺たちを追い詰め、その様子を楽しむつもりなら……こういう精一杯の励ましは、奴にとって興奮を引き立てる最高のスパイスだろうからな。

「フフフ……ハハハァ……！　ウワサ通りの男だなァ……ユート・ドライグ！　その調子でぜひとも蜘蛛狩りを成功に導いてくれやァ……！」

想像通り……いや、想像以上に興奮を隠す気がないな……こいつめ。

「北は『暁の風』パーティ、南は『キルトのギルド』パーティに担当してもらう。とにかく東へ進むんだァ……！　途中でパーティがバラバラになっても、北か南かわからなくなっても、クモを倒して進んでいれば問題はない！」

ガルゴはまたパンッと胸の前で手を合わせる。その衝撃が俺たちの体を揺さぶる。

「蜘蛛狩り、開始！」

シェイたち『暁の風』は大林道を挟んだ北、俺たち『キルトのギルド』は南の樹林に入る。

手つかずの原生林《げんせいりん》ではない。過去に樹林へ入った人々の足で踏み固められた道がある。

これは誇るべき魔獣との戦いの歴史か、それとも悪意の絡んだ血塗られた道か……。

後戻りの許されない、危険な冒険が始まった。

◇　◇　◇

ユートたちがアミダ樹林へと入り、その姿が外から見えなくなった頃――。

「ユリーカ」

東の方角を見ていたガルゴがユリーカを呼び寄せる。

「はい、何でしょうか」

「先遣隊には決められた分量のエサを持たせたか……？」

「はい、会議で決定した通りの分量を持たせてあります。不足も余分もありません」

「ならば……思ったより効果が強く出たか、そもそもの調合段階でミスがあったかァ……。どちらにせよ、少々狂暴化《きょうぼうか》し過ぎたかもしれんなァ……」

「今までで一番の分量ですから……。その、クモが彼らを殺してしまう可能性は……」

「ない。ゴウガシャグモの生態上あり得ない」

ガルゴはキッパリと、威圧的に否定する。

「も、申し訳ございません……。無駄《むだ》な問いをしました……」

ユリーカは体を縮こまらせて謝る。

幹部とて、ガルゴの機嫌を損ねればどんな扱いを受けるかわからない。

「今まで集めたデータから計算して、今回の分量でも問題はないという答えが出ている。クモの本能を残しつつ、戦闘能力と狂暴性だけを引き上げられるとなァ……」

集めたデータ——それはつまり、今までに何度もゴウガシャグモを狂暴にする成分を含んだエサを食べさせて来たということ。

「本能が残っていれば、クモの狩りの方法は変わらない。糸で獲物を絡めとり、毒を注入し、体の自由と意識を奪って、生きたまま巣穴の天井から吊るし……保存食にする。そうして、新鮮なエサを安定してマザーに届けるのだァ……！」

「クモにとって栄養価の高い人間は必ずマザーに献上される……。つまり、人間は絶対に殺されることはなく、最悪でも生きたままエサになるだけ……ということですね」

「そうだァ……！　俺の前で調子に乗っていたガキどもが、物言わぬ肉塊《にくかい》同然になって天井から吊るされているのを見るのはァ……何事にも代えがたい快感だァ……!!」

ガルゴは両手の拳を握りしめ、全力で叫びたい気持ちを抑えながら言う。

叫んでしまえば、この言葉が樹林に入って行ったゲストパーティ――いや、ガルゴにとっての獲物たちに聞かれてしまう可能性があるからだ。

「絶景を存分に楽しんだ後は……助けてやる。命だけはなァ……！　長時間クモの毒に侵されたことで、蜘蛛狩りの記憶を失い、後遺症《こういしょう》で体が動かなくなっていたとしても……命あっての物種《ものだね》だからなァ……！　感謝してくれるよなァ……ユート・ドライグ……！」

ガルゴの目的は、自分の手を直接汚《よご》さないまま、ユートを出来る限り惨《みじ》めに追い込み、冒険者生命を終わらせることにあった。

「俺はお前を大層評価しているんだァ……。連れのドラゴンも含めてなァ……。俺と同じA級だと思って生意気だった、ヘイズ・ダストルの鼻《はな》っ柱《ぱしら》をへし折った実績もあるからなァ……。それにだァ……！　あのキルト・キルシュトルテが初めて抱え込んだ冒険者だったとはァ……！」

ガルゴの興奮が最高潮《さいこうちょう》に達する。

しかし、隣にいるユリーカは、『黒の雷霆』を率《ひき》いていたヘイズの名は知っていても、キルトのことは詳しく知らなかった。

それをガルゴの方が敏感《びんかん》に察知し、今までとは一転して静かに語り始めた。

「並の冒険者では知らぬのも無理はない。キルトはァ……かつて『次世代の最強冒険者《ニア・グランドマスター》』と呼ばれたS級冒険者だ」

「S級冒険者⁉　この世にわずか数名しかいない、冒険者ギルドの最高戦力……！」

「それもグランドギルドの権力を裏で支える暴力装置……執行部《しっこうぶ》の出身だァ……」

「執行部……⁉　指導で改善が見込めない悪質ギルドの解体や、どのギルドでも解決が見込めずにたらい回しにされた高難易度依頼の処理を行っているあの……⁉」

「あァ……あの女はその執行部のエースだったァ……！」

ガルゴの言葉に静かな怒気《どき》が混じり始めたのをユリーカは感じた。

しかし、ガルゴはそこでキルトの話を終えてしまった。

ユリーカにその先を尋ねる勇気はなかった。

「さて……お前らにもそろそろ仕事をしてもらおうかァ……」

ガルゴはこの場にいる『鉄の雲』のメンバー全員に呼びかける。

「さっきまでの話……聞こえていただろう？　俺はあいつらが冒険者として惨めな最期《さいご》を迎えるこ

とを望んでいる……！　それを実現するためのお膳立《ぜんだ》ては十分に済んでいる。だというのに……もし俺の望みが実現されないとしたら……全員、わかってるだろうなァ……？」

『鉄の雲』のメンバーたちは、震える声で口々に「はい……っ！」と叫ぶ。

蜘蛛狩りはガルゴにとってメンバー選別の場でもあるのだ。

「よし、十分にこの任務の意義を理解したうえで……散れ！」

メンバーたちが蜘蛛の子を散らすようにガルゴから離れ、アミダ樹林へ突入する。

「ユリーカ……お前もだぞ」

「……はいっ！」

幹部とて、選別から逃れることは出来ない……。

ユリーカもまた歯を食いしばって、樹林の中へと入って行った。

第4章　蜘蛛狩り

アミダ樹林に足を踏み入れて数十分——。

コンパスを頼りに、俺たち『キルトのギルド』パーティは東へ進んでいた。

地面にはそこまで植物が生えておらず、人の足で踏み固められた箇所《かしょ》もあり、思っていたよりもずっと歩きやすい。

その代わり、頭上には広がった木々の枝葉、木と木の間に伸びるツタなどが生い茂《おしげ》っている。

天を見上げると、まるで青空が植物の檻《おり》の向こうにあるように見える……。

この地域の木々が、枝やツタによって「あみだくじ」のようにすべて繋がっているように見えることから、アミダ樹林という名がつけられたと言われている。

くじの縦線が樹木、横線が広がる枝や絡みつくツタというわけだな。

ネーミングには感心するが、頭上に色んなものが生い茂っているせいで、日光があまり樹林の中に届かず、視界が薄暗い。

それに枝やツタを足場にして魔獣たちは移動するわけだ。頭上の警戒を怠《おこた》れないな。

「それにしても、ユートは昔から変わんないわねぇ〜。あの場面であの大男を前にして、異を唱えられる人間はユートくらいしかいないんじゃない？　私、ヒヤヒヤしたんだから〜！」

シウルさんが後ろから指で俺の体をツンツンして来る。

ここまで来れば樹林の外に声は聞こえないし、彼女も普段のおしゃべりを発揮出来る。

「俺も内心ヒヤヒヤしてましたよ。でも、黙ってることも出来なくって……」

「まっ、『黒の雷霆』の時も思いっ切りギルドマスターのヘイズに意見してたもんね〜。冒険者としてのランクなんて、その行いの正しさを証明するものではないって、みんな頭ではわかってるけど行動には移せない。ユートのそういうところ、本当に尊敬してるわ」

「あはは、面と向かって言われると……照れますね」

こんなリラックスした状態で樹林の中を歩いていて、いいのだろうか？

……いや、いい。誰も油断なんてしていないし、今のところ敵の気配はないんだ。

あれだけ狂暴なクモが樹林の外まで飛び出して来たんだから、樹林の中にはそれはそれは血に飢《う》えたクモがわんさかいると思っていた。

しかし、樹林の中は想像以上に静かだった。ゴウガシャグモが鳴き声でコミュニケーションを取るタイプの魔獣じゃないというのも関係しているだろう。

「ロック、敵の気配とか臭《にお》いは感じるか？」

「……クゥ〜」

ロックは少し悩んだ後、首をかしげた。

これは俺の質問の意味がわからないわけではなく、答え方に困っているんだろう。

「気配も臭《にお》いも、感じるには感じるってところかな？」

「クゥ！」

ロックは力強くうなずいた。

そりゃ、ここはゴウガシャグモが生態系の頂点に立つ場所だ。ドラゴンの敏感な感覚が、クモの存在をまったく感じないことなどあり得ない。

ただ、それが近くにいるのか、俺たちを狙っているのかまでは把握出来ないということだろう。

「こちらからクモを探して倒す必要はない……。言われた通り、向かって来るクモだけを倒して東に向かいましょう」

クモが出て来ないなら、それでこちらはまったく構わない。

でも、そんなことはあり得ないとみんなわかっている。


警戒だけは怠らずに樹林の中を進むこと、さらに数十分――。

「生命の気配をそこかしこに感じる……。ヒーメルの樹海とはまた違う感覚だ。植物の匂いも強い……。風に乗ってどこからか甘い匂いが流れて来ているような……」

フゥは視線をきょろきょろと動かして周囲を警戒している。

「も～、フゥったら！　そんなに緊張しなくてもお姉さんが守ってあげるわよ！」

シウルさんがドンと胸を張る。だが……。

「……フッ」

フゥはそれを鼻で笑って、周囲の警戒を続ける。

「ちょっ……！　それどういう反応よ!?」

「鈍感《どんかん》な姉に命は預けられないということだ」

「私が……鈍感!?　そんな、私はいつだって……ん？」

シウルさんも気づいたようだ。じわりじわりとだが、無数の気配が俺たちを包囲し、その範囲をどんどん狭《せば》めて来ていることに……。

「おそらく、さっき樹林から飛び出して来たのと同じタイプのクモです」

「群れの一番下っ端……雑兵《ぞうひょう》のソルジャータイプね」

それぞれに背中を預けて四方を警戒していると、木陰《こかげ》からわらわらとクモが姿を現す。

「ユート！　ここは私に任せなさい！」

剣を抜こうとした俺をシウルさんが手で制する。

「修業の成果、あなたに見てもらいたいのよ」

「……わかりました。でも、危ないと思ったら手を出しますよ」

「上等！」

クモの最初の1匹が牙をむいて飛びかかって来る。他の個体もどんどんとそれに続く。

ソルジャータイプは最弱のゴウガシャグモだけど、群れのために命を捨てることに躊躇《ちゅうちょ》がない。

数の力で押し切られないよう、注意して戦わなければならない……！

「紫電鞭《ドンナーパイチェ》！　薙《な》ぎ払えっ！」

シウルさんの右手から伸びた紫色の稲妻が、手の動きに合わせて右から左へ鞭のようにしなりながら動き、触れたゴウガシャグモを即座に感電させる。

さらに感電したゴウガシャグモからも稲妻が拡散し、近くにいた個体を巻き込んでいく……！

雷属性の強みである触れただけで全身を貫く電気、そして身を焼くほどの高温——。

俺の前にいたクモの集団は、その両方を受けて一瞬で全滅した。

以前はシウルさんの魔法が未熟過ぎて、通常の雷魔法よりも強力な特殊属性のはずの『紫電《しでん》』本来のポテンシャルがまったくわからなかった。

でも、今は逆に彼女の魔法の威力が上がり過ぎて……どこらへんが紫電特有の力なのかわからなくなっている！

「魔鋼兵の目くらましにしかならなかった魔法が、ずいぶんと強くなったでしょ？」

シウルさんが得意げに言う。「褒めて！　褒めて！」と表情が訴《うった》えて来る。

「はい！　俺の想像を遥かに超えた強さです！　もう一人前の魔法使いですね！」

「フフフフフ……オホホホホッ！　そう、そう、そうでしょう！　わかってるじゃない！」

「雑魚を倒したくらいで得意げになるのは早いぞ。油断はするな」

「ク～！」

フゥとロックもそれぞれ自分の正面にいたクモの群れを倒していた。

凍りついて砕《くだ》け散ったクモと丸焦げになったクモが周囲に散らばっている。

「い、いいじゃないの別に！　前はとても魔獣を倒せる魔法じゃなかったんだから！」

「それは私もよく知っている。一緒に修業をしたのだからな。ただ、あんな雑魚の群れでも一体一体が毒を持っている。一度の油断で毒を打ち込まれたら、体が痺れて動きが鈍《にぶ》り、他の個体からも次々に毒を打ち込まれてしまう。敗北はあっという間だ」

「もしかして、私のこと……心配してくれてるの？」

「任務遂行《すいこう》のために……な。1人行動不能になるだけで、パーティにとっては致命的になる。ユートが仲間を見捨てて逃げるとも思えないからな。重い荷物が増えてしまう」

「も～、素直じゃないんだから、この子は～」

2人はキルトさんと一緒に任務をこなしていただけあって、相当仲がいいようだ。

シウルさんの成長は、個人的にもパーティの戦力的にも喜ばしい。

ただ、フゥの慎重《しんちょう》過ぎるまでの警戒も見習わないといけない。

ゴウガシャグモの牙に噛まれると、噛まれた箇所から毒が入り、徐々に痺れが広がっていく。

とはいえ、1匹や2匹に噛まれた程度なら、感覚が鈍っても体が動かなくなることはない。痺れるのも噛まれた箇所だけだし、自然治癒《しぜんちゆ》で回復を見込める段階だ。

マズいのは何度も何度も噛まれてしまった場合……。体内に入った毒の量が増えると、噛まれた箇所以外にも痺れが回り、意識の混濁《こんだく》が始まる。

ここで助けられれば、一般的な解毒薬としばらくの安静で治り、後遺症も残らない。

だが、全身の痺れと意識の混濁を起こした人を、この樹林の中から無事に連れ出すのは難しい。

そこへさらに毒の最終段階として……麻痺の後遺症と記憶喪失《きおくそうしつ》がある。

この記憶喪失が、蜘蛛狩りの調査を大いに妨《さまた》げている。

蜘蛛狩りで怪我を負った冒険者のすべてが、全身麻痺や意識不明に陥っているわけではない。軽い後遺症で済んだ——といっても、冒険者としては生きられない状態で助かった人もいる。

そういう人でも、毒を食らった前後の記憶はなくなっているんだ。

毒が体内に入ってから、応急処置の解毒薬の効果が出るまでに経過した時間で、症状《しょうじょう》の重さは変わって来る。

迅速《じんそく》な処置で症状が軽く済んでも1日、重ければ数週間くらい前の記憶も飛んでしまう。

だから、人によっては自分たちが蜘蛛狩りに参加したことすら忘れて、気づいたら体の一部が不自由になっていたという悲惨《ひさん》な事例もある……。

当然、蜘蛛狩りで何が起こったのか証言を得ることは不可能だ。

特に苦労することなく蜘蛛狩りを終えたパーティとの違いは何なのか……それを比較することも

叶わない。

ゆえに俺たちは毒に対する警戒を忘れてはいけないんだ。

もうこれ以上被害者を出さないためにも、俺たち自身が被害者にならないためにも。

「……周囲に敵の気配はなくなった。みんな、進もう！」

必ず全員無事でこの樹林を抜ける。そして、今までの被害者の無念を少しでも晴らす。

◇　◇　◇

東へ進むごとに、クモと遭遇する頻度が上がって来た。

そして、最弱のソルジャータイプ以外のクモも、俺たちの前に姿を現した。

「ユート！　突っ込んで来るわよ！」

「了解！　こいつは俺が斬《き》ります！」

正面から突っ込んで来るのは、８本の脚のうち前２本が大型の盾のような平べったい形に進化した、重装兵《じゅうそうへい》ガードナータイプ。

盾となる脚の高さは２メートルくらいあり、分厚《ぶあつ》さも相当なものだ。

半端な攻撃を仕掛けるよりも、本気に近いオーラで一刀両断《いっとうりょうだん》するのが無難な倒し方か！

「竜斬空《りゅうざんくう》！」

竜牙剣から激しく噴き出すオーラをぶつけて、パワーで敵を切断する！

魔鋼兵すら両断したこの技で、クモ1匹を切り裂《さ》くのはそう難しいことじゃなかった。

しかし、クモたちの本当の攻撃はここからだったんだ。

「か、体が大きい個体の陰に隠れて、後ろから脚の長い個体が……！」

縦に両断されたガードナータイプの間を通って、速度に優れる騎兵《きへい》トルーパータイプがワッと飛び出して来た……！

こいつらは動きが速い以外に最弱のソルジャータイプと大して違いはないけれど、その速さが敵に毒を注入するのに非常に役に立つ。

一体一体の個体が死んでしまったって、その犠牲《ぎせい》の結果、獲物に毒を注入出来ればいい。

群れ全体を生かすために捨て身の攻撃を仕掛けて来るのが、ゴウガシャグモの厄介なところだ。

しかし、捨て身の戦い方というのは、動きが単調で読みやすいところもある。

「紫電網《ドンナーネッツ》！」

俺と飛びかかって来るクモの間に、シウルさんが電気の網《あみ》を出現させる。

結局クモが獲物に毒を注入するには接近するしかない。そこを一網打尽《いちもうだじん》にする！

電気の網に触れたクモは即座に感電し、高熱の稲妻に焼かれて地面に落ちた。

「ありがとうございます、シウルさん！」

「これくらい、いいってことよ！　それにしても、ここのクモって思ってたより頭が回るみたいね。

体の大きい仲間の後ろに隠れて来るなんて……」

「シウル！　まだ木の上にいるぞ！」

フゥの声で頭上を見ると、木々の枝の上をカサカサと小さなクモがうごめいていた……！

あれは粘着力《ねんちゃくりょく》のある糸の塊を吐き出し、獲物を絡めとるシュータータイプ。毒は持っているものの獲物に接近せず、あくまでも他の個体のサポートに徹する。

高いところに陣取る習性があるので、飛び道具か魔法がないと仕留めにくい相手だ。

「威力を下げて、連射性を上げる……！」

フゥが両手にマギアガンを持ち、氷の弾丸をぶっ放す！

弾丸は次々クモにヒットし、体を凍らされた個体がどんどん枝の上から落ちて来る。俺たちの足元には、地面に激突して砕け散ったクモの破片が散らばる。

「クゥクゥクゥクゥクゥクゥーーーーーーッ！」

ロックは自ら枝の上に飛び乗り、頭突きでクモたちを倒していく。

太い木の幹《みき》の近くで炎を吐くならまだしも、燃えやすい枝やツタに向かって炎は吐けない。なので、ロックは飛行能力を生かしてクモたちに接近戦を仕掛ける。

ドラゴンのウロコにはクモの牙も通らないから、毒を入れられる心配もない。

「よし、とりあえず片付いたな」

フゥが射撃の構えを解き、マギアガンを持った手を下ろす。

「ありがとう、フゥ！　助かったわ！　でもねぇ……やっぱり『シウル』って私のこと呼び捨てにするのは、あんまりかわいくないわねぇ～。『シウルお姉ちゃん』とか『シウル姉さん』とか、もっと親しみを込めて呼んでほしいなぁ～！」

「長いだろう、戦闘中だぞ。情報は短く伝えるに限る」

「むぅ～！　正論だから言い返せない～！　あっ……！　でも、それなら普段は私のこと『お姉ちゃん』って呼んでも問題ないってことよね？　ねっ？」

シウルさんはひとりっ子だからか、フゥのことを妹のように可愛がっている。

フゥもまた兄弟がいないので、シウルさんのことを姉のように慕って……いるかはわからない。

でも、今のシウルさんは昔と違って、ふざけて仕事をしているわけじゃないんだ。

このパーティの年長者として、一番経歴が長い冒険者として、俺たちがあまり緊張し過ぎないように、場の空気を緩めてくれているだけなんだ。

特にフゥは気合が入っているというか、肩に力が入っているのがわかるからな。

ただ、このやり方でフゥに気持ちが伝わるかどうかは……ちょっとわからない。

「そういう話は無事に帰ってからにしてくれ。今はもっと他に話すことがあるだろう。事前に集めていたクモの情報と、実際に戦ったクモの印象……かなり齟齬《そご》があるように思える」

「あー、それは私も思ってたわ。無事に蜘蛛狩りを終えたゲストパーティの証言だと、そもそも大してクモに出会わなかったって話だったわね」

「そして、出会ったクモには苦戦することがなかったという……。私たちも手際良くクモを倒せているが、楽勝という言葉を使うのは適切ではないと思う。一瞬の油断が命取り……ゴウガシャグモはそういう魔獣にしか思えん」

フゥの言う通り、ゴウガシャグモの相手は楽じゃない。

もしこの戦いを楽勝と言えるのなら、それは相当な強者に限られると思う。

しかし、グランドギルドの調査では、無事に蜘蛛狩りを終えたゲストパーティが特別冒険者として優秀ではないことがわかっている。

キルトさんに至っては「彼らは冒険者として、それほど活躍出来ていなかった人たちだよ」と言い切っていた。

「やっぱり、『鉄の雲』はゲストに合わせて蜘蛛狩りの難易度を変えているんだろうね。その方法はわからないけど、蜘蛛狩り前にギルドメンバーだけで狩りを行って個体数を減らしておくなんかは、シンプルだけど確実に任務の難易度が下がる」

このアミダ樹林とガルゴ大林道の管理は『鉄の雲』に一任されている。

その中でギルドメンバーが何をしていたって、バレることはないだろうからな。

「クモの行動に影響を及ぼす成分を混ぜたエサを撒いておくってのもアリ……というか、私はもうすでにそれをやられていると考えているわ」

シウルさんは木にぶつかって自滅《じめつ》したトルーパータイプの死骸《しがい》を指さす。

それも1体だけではなく、同じような死に方をした個体を何体か見つけた。

「たまにはこういう死に方もあるでしょうけど、流石に数が多過ぎる。しかも、中には速く走ろうとし過ぎて脚が折れている個体もある。虫型魔獣の体は脆《もろ》いといわれるけど、自分の意思で走って折れるなんてことは普通ないわ」

「つまり、本来の限界を超えた何かに突き動かされていると……」

「私は興奮作用のある薬物の影響だと思う。魔獣だって生物だから、その体を狂わせる成分だって存在している。『鉄の雲』はゴウガシャグモの生態を本当によく知っているみたいね」

シウルさんは皮肉めいた笑顔を見せて言う。

ゴウガシャグモの情報をひた隠しにしながら、自分たちだけで積み重ねた知識を使って新人冒険者を潰し続けているとしたら……やはり放置は出来ない悪質さだ。

「ユートとシウルの考えをまとめると、私たちはあの男に自分の立場を脅《おびや》かしかねない将来性のある冒険者だと思われ、全力で潰しに来られている最中というわけだな」

フゥは呆れた表情で手をプラプラしながら言った。

実際、言葉にするとガルゴの目的はそんなものだ。身勝手でみみっちい。

どうでもいいレベルの冒険者には蜘蛛狩りをクリアさせ、この任務が達成可能であることを示して批判を逃れ、本当に潰したい冒険者には狂暴化したクモを大量にけしかける。

ガルゴの内心も、この樹林の内部も、クモの詳しい生態も明かされていないうえに、ゴウガシャグモの毒には記憶を混濁させて消す力まである。

そこへ貴族の寵愛と民衆の信頼が上乗せされれば、グランドギルドといえど下手に手出し出来ないのもうなずける。

まあ、そんな危ない相手に俺たちは今この身一つで挑んでいるわけだが……。

「とりあえず、目の前に立ちはだかる敵を倒し続ければ、樹林を抜けることは出来そうだ。これからも油断せず、自信を持って進もう。良くも悪くも実力は評価されてるみたいだからね」

柄《がら》にもなく俺も皮肉を言ってみたりする。

それにしても、ガルゴ・グンダム――あれほどの男が若い芽を摘《つ》むことに必死になるのはなぜだろうか……？

俺もかつては万年E級冒険者なんて言われ、後からギルドに入って来た新人に追い抜かれていく日々を過ごしていた。だから、追われる焦りも、追い抜かれる惨めさもわかるつもりだ。

でも、ガルゴはA級でも上位の冒険者。しかも、そこへたどり着くまでに人より長い年月を要したわけでもない。おそらく30代後半くらいだから、順調なステップアップだと思う。

彼を追い抜ける人間なんて、そもそも存在するのか？

新人に地位を脅かされた経験もないのに、勝手に過敏《かびん》になっているだけなのか？

ガルゴの拳を受けたからわかるけど、俺が勝てる相手じゃない。いつか勝つ……そんな言葉も簡単には出せないくらい、明確な実力差を感じたんだ。

それでもガルゴからしたら、俺は必死になって潰したい存在なのか……？

どれだけ考えても、人の心の中なんてわからない。

明かされていないどの謎よりも、ガルゴ・グンダムが抱える闇の方が深いのかもしれない。

◇　◇　◇

それからも無数のゴウガシャグモが押し寄せて来たけれど、俺たちが負けることはなかった。

ガルゴが抱える身勝手な欲望を叶えるために利用されていると考えると、クモたちも哀《あわ》れな存在に思えてくる……が、だからといって矛《ほこ》を収めることは出来ない。

斬ったり、焼いたり、凍らせたりと変わらずゴウガシャグモの死骸の山を築いていく。

しかし、鬱蒼とした樹林の中で繰り返される戦闘は、確実に俺たちの精神をすり減らしていく。

徐々にパーティの口数が少なくなり、全員が休憩《きゅうけい》を欲し始めた時——視界が不意に開けた。

たどり着いたのは、樹林の中に存在する大きな湖だった！

流石に水の上に木は生えていないので、抜けるような青空を好きなだけ拝《おが》むことが出来る。水質は上々で、木々に囲まれた湖とは思えないほど透明度も高い。

そして何より一番の特徴は、湖の上に大きな蓮《はす》の花が咲き乱れていることだ。淡い色の花びらと、神秘的な花の形、人が乗れそうなほど大きな丸い葉っぱ……。

それが透き通った水の上に浮かんでいるのだから、極楽《ごくらく》に来たのではないかと勘違《かんちが》いもする。

この樹林は陰湿な陰謀の舞台ではあるが、そこにある自然には関係のない話。

戦闘の連続で疲れた心に、この光景と甘い花の匂いは安らぎを与えてくれる。

「休憩！　ここで休憩しましょう！　じゃないと私、子どもみたいにここで駄々《だだ》こねるから！」

そう言ってシウルさんが湖のほとりに座り込む。彼女の意見に全員賛成だ。ここなら警戒するのは俺たちが今通って来た樹林の方向だけでいい。

頭上から奇襲《きしゅう》される心配はないし、ゴウガシャグモは流石に水中には生息していないだろう。

……とはいえ、事前に集めたクモの情報と現実の違いを感じている今、少しだけ疑《うたぐ》り深く行動してもいいだろう。

ロックもそう思っていたのか、湖に近づいてしっぽを水の中に入れる。ドラゴンのウロコは頑丈だけど感覚は敏感。まずは水に毒性がないかチェックしているんだ。

次に口をつけて水を少し飲む。これも問題なかったのか、最後は顔を湖に突っ込んだ。

しばらくそうして水中を観察した後、ロックはバシャッと顔を上げて「クゥ！」と鳴いた。

「ありがとう、ロック。湖の水にも湖の中にも危険はなかったんだな」

そうとわかれば、ここで体を休めない理由は何もない。

背後の樹林に警戒しつつも、俺たちは腰を下ろして持って来た食料を食べることにした。

蜘蛛狩り自体は朝から夕方までで終わる1日仕事だ。

『クライム・オブ・ヒーメル』のように日をまたいで自然の中を移動し続けるわけじゃないし、目的はゴールにたどり着くことよりも、特定の魔獣を狩ることにある。

まだここから半日、ハードに動き回ることになる……。たくさん食べるわけにはいかないな。

「ユート、またマサバスの味噌煮《みそに》の缶詰を持って来ているが……食べれるか？」

「うん、食べる食べる！」

ヘンゼル王国北方の寒い地域で獲れる肉厚の身が美味い魚「マサバス」を、これまた北方でよく使われる最強調味料「味噌」で煮込んだ料理……！

それをそのまま缶の中に詰めることで味と鮮度を保ち、携帯もしやすくなる。

フゥが持ち歩いている缶詰に『クライム・オブ・ヒーメル』の時はずいぶん助けられたものだ。

それが今ここにあるというのなら……食べない選択肢はない！

「今日は白米を炊《た》く用具を持って来ていないが……マサバスの味噌煮はパンに挟んでも美味い！」

フゥは缶詰を加熱せずにそのまま中身を出し、切り目を入れたコッペパンに挟んだ。

マサバスの味噌煮は白米に合うものだと思っていた俺は、このシンプルな一品を一瞬疑ったが……意を決してガブッとかじりついてみる！

「……美味い！　ほのかな甘みだけで淡泊《たんぱく》な味わいのコッペパンに、味噌のガツンと来る甘みと塩味《えんみ》が合うし、温めてないのにマサバスの身は柔らかくて、噛めば噛むほど口の中で温まって、脂《あぶら》の旨味もじゅわっと広がって来る！」

フゥは「そうだろう、そうだろう」と言わんばかりにうなずいている。

「マサバスは美味しい白身魚だから合うと思ってたけど、味噌も何にだって合うもんだなぁ～」

「そうだ。料理でも何でもちょっと足りないなと思った時、おそらく味噌が足りていないのだ」

何でも……は言い過ぎな気がするけど、確かに最近ギルドで食事を作る時も、ちょっと1品足りないなと思ったら、余った野菜を入れた味噌汁を作ると丸く収まる。

「ここらへんだとマサバスは出回ってないから、この美味しさが缶詰でしか味わえないのよねぇ」

「クゥ～！」

シウルさんは以前フゥと一緒に任務に出向いた際も、この缶詰を食べさせてもらったそうだ。

割と舌が肥《こ》えている彼女に、また食べたいと思わせるだけの美味さは確かにある。

ロックも『クライム・オブ・ヒーメル』の時に食べて、いたく気に入っていた。

缶詰はロックにとって小さくて少量だが、それでももぐもぐと味わってゆっくり食べている。

ゴウガシャグモの気配は今のところまったくない。水辺を嫌う性質でもあるのか？

ゲストパーティにとって有益《ゆうえき》な情報は流さないだろうし、クモにもそういう弱点がある可能性は大いにあるな。

「さて、これを食べ終わったら早めに移動を……」

「ユート、桃の缶詰も持って来ているぞ。しかも、黄桃《おうとう》のだが……食べないか？」

「……いただきます」

皮を剥《む》いて切り分けた桃をシロップと共に缶に詰め込んだ「桃缶」。

これのすごいところは、他と比べて小さい実とか、味が落ちる実でも構わずシロップに漬《つ》けて甘さを底上げし、瑞々《みずみず》しい食感を長期保存出来る点にある。

そして、俺は桃缶に関してはよく見る白い桃より、黄色い桃の方が美味しそうに見える。これは理屈じゃなくて、何となくこの黄色がいいんだよなぁ～。

結構量があるので、1つの缶を3人で分けて食べた。

ロックは特別に1つの缶を独り占め。両方の缶の残ったシロップはロックが飲み干した。

案外甘いものも好きなんだよな、ロック。

「さあ、今度こそ先に進もうか」

美味しい食事に甘いものまで、こんな景色の良いところで食べることが出来たら、今までの疲れも吹っ飛ぶってもんだ。

問題は……この美しい湖の先にどうやって進んだらいいかということ。

コンパスで見る東の方角は、この湖を真っすぐ突っ切る方向だ。

なかなかに巨大な湖なので、回り込むのも時間がかかりそうではあるが、泳いで渡るというのはいくらクモが出ない水中でもちょっと気が引けるな……。

「クゥ！　クゥ！　クゥ！」

俺が頭を悩ませていると、ロックが湖に浮かぶ大きな蓮の葉に飛び乗った。

蓮の葉はロックが乗ってもびくともせず、平然と水の上に浮かんでいる。

「まさか……葉の上を歩いて向こう岸に渡れと……？」

「クゥ！」

ロックは力強くうなずく。自分のアイデアに自信があるようだ。

確かに蓮の葉は向こう岸まで、そこそこ詰まった間隔《かんかく》で浮かんでいる。

歩幅を大きくすれば、歩いて渡ることも不可能ではないように見えるが……。

「ロックの体重と俺たちの体重は違うからなぁ」

誰か人間が乗らなければ、このアイデアを検討出来ないという話になる。

「じゃあ、私が乗る！　私の体重ならユートと変わらないし、問題ないでしょ？」

そう言ってシウルさんがぴょんと蓮の葉に飛び乗った。

蓮の葉は……沈まない！　周囲にわずかな水の波紋《はもん》が広がっただけで、その場から動いてどこかに流れていくこともなかった。

「す、すごい安定感よ……！　まるで地面の上にいるみたい！」

シウルさんは蓮の葉の上で軽く跳ねる。それでも葉が沈むことはなかった。

「これなら十分移動ルートとして考えられる……か」

湖を迂回するルートは、樹林の近くを歩き続けることになる。

今のところクモの気配はないけど、湖のほとりを長い時間歩けば、樹林からクモが飛び出して来る可能性は十分にある。

実際、俺たちは蜘蛛狩りの前に、樹林の外へ飛び出して来たクモに襲われているからな。

一転、水上ルートはそもそもクモが出て来る場所がない。

樹林から出て来たクモが、蓮の葉っぱの上を1匹ずつぴょんぴょん跳んで襲って来る光景も想像は出来るけど……まあ、それなら対応はしやすいな。

「……よし、葉っぱの上を渡って行きましょう。先頭はロック、次にフゥ、シウルさん、しんがりは俺が務めます。トラブルが起こった時は近い方の岸を目指すこと。湖の真ん中で立ち止まらないようにしましょう」

パーティ全員から了解を得て、俺たちは蓮の葉の上を渡り始めた。

ロックは楽しそうにジャンプしながら葉から葉へと渡り、たまに水の中を確認している。フゥも身軽に跳び回り、シウルさんは慎重に歩みを進めている。

三者三様……しんがりの俺は湖のほとりでその姿を眺める。湖に落ちる人はいなさそうだ。

「そろそろ俺も行くか……」

あのクモたちの知能を考えると、食事のタイミングか湖を渡るタイミングで襲撃をかけて来るんじゃないかと思っていた。

だから、少し長めに待機してみたのだが……あのカサカサとした足音は聞こえてこない。

「ユート～！　早く来ないと置いていくわよ～！」

すでに湖の真ん中あたりまで来たシウルさんがこちらに手を振る。

厄介な敵だと思って、ゴウガシャグモを買い被り過ぎていたか……？

「はい！　今行きます！」

もう一度だけ樹林の方を振り返った後、俺は恐る恐る蓮の葉に飛び乗った。

「なるほど……！　この安定感は乗ってみないとわからないな」

仕組みはわからないが、すさまじい浮力によって体が押し上げられている。

逆に俺程度の体重では沈めることは出来ない……と思わせられたな。

「おっと、感動する前に追いつかないと！」

ぴょんぴょんと葉の上を跳び、シウルさんの背中を追い始めたその時——不意に数メートル先の水面が山のように盛り上がった。

まるで湖の底から何かがせり上がって来たような現象……だが、その何かは見えない。

ザバァァァァァァッと押し寄せる水が俺を襲い、蓮の葉を固定する錨《いかり》の役目を果たしていた茎《くき》が切れたのか、そのままさっきまでいた岸まで流されてしまった。

こんなことが起こっても葉が沈まないことに感心……している場合ではなかった。

この現象を起こした何かが、まるで幻のようにおぼろげな姿を現した……！

「あれは……ゴウガシャグモなのか……⁉」

アメンボのように水面に浮かんでいるその姿は間違いなくゴウガシャグモ……。

だけど、その体はまるで透明……！　擬態《ぎたい》のレベルを遥かに超えている！

しかも、大きい……！　話に聞いていたマザータイプに近い大きさに思える……。

だが、大きさ以外の特徴はマザータイプとまったく違う。新種なのか、『鉄の雲』がひた隠して来た特別な種なのか、この場で答えは出せない。

ロックの目をごまかす擬態に、獲物が一番逃げにくい湖の真ん中まで来るのを虎視眈々《こしたんたん》と待ち続ける知能……。何をどう考えても、こいつは今までのクモと比較にならないほど危険度が高い！

「みんな！　向こう岸まで急げ！」

俺を除くメンバーの中で最後尾だったシウルさんも湖の真ん中を越えていた。

それなら引き返すより、向こう岸を目指す方が速い！

俺は来た道を戻るしかない。

しかし、ここで問題が発覚……。向こうの3人の乗ってた葉は激しい波に耐えて流されることはなかったが、上に乗っていた人が波の勢いをモロに受けることになってしまった。

フゥはとっさに水面を氷魔法で凍らせて足場を作り、ロックは飛んだみたいだけど……シウルさんはそのまま湖に突き落とされたみたいだ……！

今、ロックが必死にシウルさんを氷の上に引き上げ、フゥは氷の足場を対岸まで伸ばしている。

素晴らしい連携だが、敵と戦う余裕まではない……。

フゥは普段、魔力の低さから来る魔法の性能不足を、手製の武器で補って戦っている。

そのため、魔法で作った足場の氷は戦闘に耐え得《う》るほど分厚くはない……。それをあのクモに砕かれれば、今度はフゥも湖の中だ。

運良く土の上に戻れた俺のやることは……1つしかない。

「限界まで伸びろ！　竜斬空ッ！」

クモの興味をこちらに向けさせるんだ！　紅色のオーラの刃を伸ばし、ちょうどクモとフゥの間に差し込むことでオーラの壁を作る。

こうしている間は、フゥたちに手を出せまい。

それでも無暗《むやみ》にオーラに触れようものなら、刃を返してそのまま真っ二つに……！

しかし、意外にもクモはそのオーラを見て十数メートルも後退した。

「くっ……！　だから、適当に突っ込んで来るだけのクモの方が楽なんだ」

オーラの危険性を見抜いて引き下がった。あそこまで逃げられたら不意打ちは出来ない。

だが、俺の方に興味を向けるという目的は達成した。

クモはすでに俺に向かって来ているのだから……！

「俺のことは気にせず対岸へ！　ロック、2人を頼んだぞ！」

「クゥーッ!!」

俺の呼びかけに、ロックの力強い返事が返って来る。これで向こうは大丈夫だ！

「こいつを倒してから追いつく！」

アメンボのように水面を滑《すべ》るクモは、口から糸を吐いて俺を牽制《けんせい》しながら岸に近づいて来る。

どうやら、あいつも水上よりは地上で戦いたいようだ。

ある程度水に適性を得ても、あくまでも地上の生物であることに変わりはないのだろう。

ならば、水の上にいる間に仕留めるのみ……と言いたいが、それで逃げ出されてシウルさんたちの方に行かれたら困るんだよなぁ……。

「仕方ない……。地上で勝負してやろう」

あえて糸による攻撃に反撃せず、クモを地上まで誘導する。

これはこれで苦しい展開だ。正面には未知のクモ、背後にはクモの巣食う樹林……。

手っ取り早く正面の敵を倒し、背後から増援が来る前に俺も向こう岸を目指す！

倒すべき敵を見据え、オーラで斬りかかろうとした時……クモの姿が揺らいだ。

「消え……てない！」

確かにクモの姿は見えなくなったが、その体があるべき場所の景色があからさまに歪んでいる。

それこそ、クモの輪郭《りんかく》をハッキリ捉えられるほどだ。

でも、おそらく水中でこれをやられると完全に見えなくなるはずだ。

湖の中だからこそ、ロックの目は誤魔化されたというわけか。

流石はアミダ樹林の固有種。この環境に合わせて変な進化をしている。

「カラクリがわかると、そこまで大したことないな」

目の前にいるのは、なんだか見た目がぼんやりしているクモに過ぎない。

「竜紅嵐《りゅうこうらん》！」

剣を振ることで生まれる紅色のオーラの嵐《あらし》――。

外傷を与えることのないオーラの風を巻き起こす「竜陣風《りゅうじんぷう》」とは違い、荒れ狂う紅《あか》い嵐は身を斬り裂くほどの鋭さを持っている。

ぼんやりしているクモの輪郭はオーラの嵐に巻き込まれ、特殊な擬態能力を持つ外皮《がいひ》が斬り刻まれる。そうして、手負いのクモがハッキリと姿を現した。

広範囲を巻き込める代わりに威力が落ちる「竜紅嵐」を受けただけで、３本ほど脚が斬り落とされているのがわかる。

やはり、特殊な擬態能力が厄介なだけでクモ自体は大して強くないんだ。

「頭を狙ってトドメ……！」

脚を何本か失った状態では素早く逃げられまい……と思いきや、失った脚の切断面からズルッと新しい脚が生えて来た⁉

クモは生えたばかりの脚を使って、振り下ろされた竜牙剣の一撃を回避する。

「キケケケケケーーーーーーッ‼」

口を細かく震わせて、クモが不快な鳴き声を発する。すると……。

「「「「キケケケケケケーーーーーーーーーッ‼」」」」

その声に呼応《こおう》するように、樹林の奥から様々なタイプのクモが現れた。ゴウガシャグモは鳴き声でコミュニケーションを取らない魔獣じゃないのか⁉

「……前言撤回。こいつ、ぼんやりしているだけじゃないぞ……！」

早くシウルさんたちと合流したいが、こいつらを引き連れて湖は渡れない！

◇◇◇

時を同じくして、シウルたちは命からがら蓮の湖を渡り切っていた――。

「はぁ……はぁ……ゲホッ！　少し水飲んじゃった……」

湖に落とされ一時パニックになっていたシウルは、地面に両手をついて咳《せ》き込む。

水に浸《つ》かっていた時間は短くとも、山脈のふもとに位置する湖の水は冷たい。短時間でも体温を奪うには十分過ぎた。

「とりあえず、水を吸った服を脱げ！　すぐに火を出せる魔法道具を用意してやる！」

フゥが自分のリュックから物を取り出そうとするのを、シウルは手で制した。

そして、自分の肩を抱くような姿勢を取り、魔力を体内で活性化させる。

「氷魔法の使い手が冷気そのものも操れるように、紫電魔法を使う私も電気の熱だけを取り出せるって、キルトさんが言ってたけど……ここで試してみる」

シウルの体のところどころから小さな稲妻がほとばしり、微《かす》かに湯気も立ち昇り始めた。

彼女の体は今、体内の魔力が生み出す熱で温められているのだ。

もうシウルの心配はいらないと察したフゥは湖の対岸を見据える。

ユートがクモの大群と戦い始めているのが見えた。

「対岸まで距離があるが……私なら狙える！　ユートの支援が出来る！」

折りたたまれていたマギアスナイパーライフルを組み立て、対岸のクモを狙うフゥ。

しかし、ユートはクモを引き連れて樹林の方へ入って行ってしまった。

「万が一にも、こちらにクモをよこさないためか！　またユートに気を遣《つか》わせてしまったな……」

湖の底から奇襲を仕掛けて来たクモも、ユートを追って樹林の中へ入って行った。

狙うべき敵がいなくなったフゥは、組み立てかけたライフルをしまう。

「こうなったら、こちらはユートの合流を待つしかないな……」

「ど、どうして……？　こっちから湖を渡ってユートを助けに行けばいいじゃない……！」

体の震えがだいぶ収まって来たシウルは、立ち上がって戦う意志を見せる。

しかし、フゥは冷静だった。

「それは無理な話だな。さっきの奇襲で葉の数は少なくなった。私たちの跳躍力《ちょうやくりょく》では、葉に乗って向こう岸まで渡るのは難しい」

「じゃあ、さっきみたいにフゥの魔法で水面を凍らせれば……」

「確かにそれなら渡ることは出来る。しかし、クモの攻撃に耐えうるほどの強度は確保出来ない。足場となる氷を割られれば、また湖に落ちるぞ。そなたの紫電魔法は、水中では拡散し過ぎて使い物にならない。次こそ奴らのエサになってしまうぞ」

「むぐぅ……。確かに……」

紫電に限らず、雷属性の魔法は水の中で形を保ちにくい。

意図せず広がった電気は、周囲にいる味方まで巻き込みかねないのだ。

「そうだ！　ロックに対岸まで運んでもらえば……って、まだ人を運べるほど飛行が安定してないんだったわね……」

「クゥ！」

ロックがうんうんとうなずく。

肉屋の娘リンダが誘拐《ゆうかい》された事件以降、自分だけなら安定して空を飛べるようになったロックだが、人を抱えての飛行はその場に滞空するのがやっとである。

「じゃあ、ロックだけでもユートを助けに……」

「ク～！　ク～！」

今度は大きく首を横に振るロック。

ユートに「2人を頼んだぞ！」と言われた以上、ここから離れるわけにはいかないのだ。

「となると、私たちの残された選択肢は……待つか、進むか、だけよね」

シウルはまだまだ東へと続く樹林を見つめる。

アミダ樹林に入る前は遠くに見えた山脈も、今はかなり近い位置にある。

蓮の湖を越えた時点で、大体行程《こうてい》の半分は進んだことになるだろう。

「パーティの主力を欠いた状態で先に進む理由は何もない。ユートは必ずここまでやって来る。それまでにシウルは体を温めて……」

「ギィイイイイヤァアアアアアッッッ!! 助けてェエエエエエーーーーーーッ!!」

フゥがパーティの方針を固めようとしたその時、北の方角から悲鳴……いや、もはや奇声と呼ぶのがふさわしい声が響いて来た。

ロックまでもが思わず耳を塞《ふさ》ぐが、奇声はそれすらも突き抜けて脳を揺さぶる。

「死ぬ死ぬ死ぬ死ぬ死ぬッ!! 死んじゃうウウウウウウーーーーーーッ!!」

奇声ではあるが、しゃべっている言葉の意味は伝わって来る……。

そして、三人はその声の主に心当たりがある。

ユートたちと同じゲストパーティ『暁の風』に所属するノイジィ・エモという少女の声だ。

「どうやら、相当危機的な状況のようだぞ……。でなければ、こんな声を出せるとは思えん……」

顔をしかめながらフゥが言った言葉に、シウルも同意する。

「でも、悲鳴が響き過ぎて、どこらへんに彼らがいるのかわからないわ……!」

「ロック……！ そなたにならわからんか……？ この声の出所が……！」

「クゥ……」

ロックは耳を塞ぐことをやめ、静かに目を閉じて耳を澄ます。

時間にして数秒でロックは絶え間なく響く奇声の出所を掴んだ。

「クー！　クー！」

「よし……！　ならばロックが先行して彼らを助けに行け！　私たちは後を追う！」

「クゥ！　……ク～！　ク～！」

フゥの指示にうなずいた後、ロックは慌てて首を横に振った。

ユートに2人のことを任されたのだから、自分1人だけで動くわけにはいかないのだ。

「状況は刻一刻と変わるのだ、ロック。私たちとそなたでは動く速さが違う。それにシウルの状態はまだ万全ではない。足並みを揃えていたら、あちらのパーティの危機を救えないかもしれない」

「ク、クゥ……」

「安心しろ。私たちもすぐに後を追う。ロックは先に行って、この声の主を安心させてくれ。でないと、人間の鼓膜《こまく》にこの声は凶器なのだ……！」

フゥの真剣な言葉に、ロックの心は揺れ動く。そこへシウルが決め手となる言葉を発する。

「ユートに頼まれた私たちがロックに頼むって言ってるんだから、何も問題ないわよ！」

その言葉にロックは「クゥ？」と一度首をかしげた後、「クゥ！　クゥ！」と首を縦に振った。

よくわからないが、何かロックにとって納得出来る理屈だったらしい。

小さな翼を広げると、ロックは奇声の主の方へと飛び立っていった。

「ロックがまだ子どもで助かったわ……！　勢いだけの理屈で納得してくれた」

「ああ……！　とりあえず、私たちも動く準備だけはしておかなければな……！」

ロックがあちらのパーティを助けに行っている間に、ユートが合流してくれるのが最良……。

しかし、現実は２人の想像を超えた最悪の出会いをもたらす。

「うん！　体も温まったし、服も完璧に乾いたわ！」

シウルは動ける状態になったが、ユートは湖の対岸に姿を現さない。

ノイジィの奇声はすでに止まっているが、ロックは戻って来ない。

代わりに２人の前に姿を現したのは……巨大なクモ。

湖の底から奇襲を仕掛けて来た個体よりも遥かに大きなクモが、樹林の中から姿を現したのだ。

「シウル、こいつはまさか……念のために聞かされていた……」

「フゥもそう思う……？　いやぁ～、そんなはずは……ないと思うんだけど……」

「「マザータイプ……!?」」

２人の震える声が重なる。

ガルゴ・グンダムによって過去に討伐された、死骸の情報がわずかに出回るのみの個体。ゴウガシャグモというアミダ樹林固有の魔獣を産み増やす、その名の通りクモの母――マザータイプ。

『蜘蛛狩り』における最終討伐目標にして、戦闘能力が最も高い個体……。

見間違いではない——今、最強のクモが2人をエサと認識した！

「マギアガンで空に合図を送って、ロックを呼び戻さねば……」

銃口を頭上に向けようとしたフゥを、マザータイプはギロリとにらむ。

クモの目にまぶたがあるわけではなく、表情だって変わりはしない。

だが、その目でにらまれていることが、視線を向けられた本人にはハッキリとわかる……。

フゥはそのままの姿勢で固まるしかなかった。

「シウル……」

消え入りそうなか細い声は、フゥの不安の表れ。そして、どう行動すべきかという、シウルへの問いかけだった。

その声に応えるように、シウルはマザータイプへと一歩進み出る。

巨大なクモの母の興味は、シウルの方へと移った。

「ユートはユートのやるべきことをやっている。ロックはロックのやるべきことをやっている……。それなら、私たちも私たちでやるべきことをやるだけよ」

「勝算はあるか……？」

「ある！　私たちは足手まといになるために来たわけじゃない！」

シウルの言葉には何の根拠もない。

だが、その自信満々な態度を前にして、フゥにいつもの不敵《ふてき》な笑みが戻る。

「ここでマザータイプを倒しておけば、後の仕事が相当楽になるのは間違いないな……！」

「そりゃ、こいつを倒すのが蜘蛛狩りの目的のはずだもの。だからこそ、こいつを倒した後に何か問題が起こるとすれば、それが私たちの暴くべき闇！」

射貫《いぬ》くようなシウルの視線と、マザータイプの複数の目からの視線がぶつかる。

まるで対等の力を持っているかのように、両者相手の出方を窺《うかが》っている。

そんな中、シウルは覚悟を決めてフゥにこう伝えた。

「キルトさんからまだ使う許しが出ていない魔法を使うわ」

「……ならば、私は離れた位置から条件が整うように支援する」

「話が早くて助かる……。じゃあ、そういうことで！」

シウルとフゥ、そしてマザータイプは同時に動き出した。

◇　◇　◇

少し時をさかのぼる——。

シウルたちと別れたロックは、奇声の主を探してアミダ樹林の上を飛んでいた。

聞こえる声の大きさから、『暁の風』パーティはアミダ樹林を貫くガルゴ大林道を横切って、南側に入って来ているのではないかとシウルとフゥは推測していた。

しかし、それはノイジィの常軌《じょうき》を逸《いっ》した声によるまやかし……。

実際はまだガルゴに任された北側に残り、襲い来る狂暴化したクモたちと戦っていた。

「ビャアァァァアアッ‼　キモィィィィィーーーーーーッ‼」

ロックはクモの大群を前に絶叫する空色の髪の少女――ノイジィ・エモを発見した。

同じパーティの少年2人もはぐれることなく一緒にいるようだ。彼らは雪山で使うような分厚い耳当てをして、ノイジィの奇声から鼓膜を守っている。

だが、そのせいで声による連携がままならず、個人で目の前の敵を対処している状況だ。

「クゥ……⁉」

そこでロックは驚くべきものを目にした。

ノイジィの奇声により、ゴウガシャグモの群れが明らかに混乱しているのだ。

そして、ノイジィに近い位置にいたクモの中でも、ソルジャータイプのような弱い個体は、声による振動で体がバラバラになっていく……！

フゥが「凶器」と形容した声は、本当に凶器だったのだ。

自身の声をベースにした魔法。系統で言えば、空気を震わせる風魔法の亜種《あしゅ》。

これによりパーティを取り囲む敵のすべてに攻撃を仕掛け、弱っているところに仲間たちが攻撃を加えて確実に数を減らしていく。

これこそが、彼ら『暁の風』パーティの基本戦術だった。

「アァァァ……ガッ、ゲホッ……！　ヤ、ヤバイ、ヤバイ……ポーション……！」

ノイジィが咳き込み、かすれた声で瓶に入ったポーションを一気飲みする。

肉体が持つ能力をベースにした魔法は直感的に使える反面、疲労やダメージが蓄積《ちくせき》しやすいという弱点を持っている。

戦術の要《かなめ》であるノイジィの喉《のど》がどれくらい長持ちするかは、その日の彼女の体調と、どれだけポーションを用意出来るかという彼らの懐事情《ふところじじょう》に左右される。

そして、今日は……アミダ樹林に来るまでの馬車で魔獣に襲われ、そこでいくつかポーションを消費してしまっている。

さらに今もなおガルゴにイラついてるノイジィの発声には無駄な力が入り、それだけ喉を痛めやすい状態が続いていた。

彼らは普通に戦えているように見えて、実際は相当に追い込まれていた。

「クアッ！　クアッ！　クアッ！」

空中から炎の塊を吐き出し、『暁の風』パーティに群がるクモを一掃《いっそう》するロック。

まだまだ連携が未熟、というか歪《いびつ》な彼らよりは、ロック単体の方が戦闘能力は高い。

「この赤い生き物は……ドラゴン！　あっちのパーティから助けに来てくれたのかい？」

汗をぬぐいながらクセっ毛の青年シェイはロックに尋ねる。

ロックはその通りだと言うように「クゥ！」とうなずいた。

「そいつはすげぇ助かるっすよ……。正直、俺たちはもう限界っすからね……」

パーティのムードメーカーであるデイビットも疲労から力なくうつむいている。

「ポーションのストックも残り少ないし、私たちはどうすればいいのかしら……？」

「クゥ……」

ロックは悩んでいた。彼らをこれからどう動かすべきなのかと。

自分たちのパーティに合流させるには、ノイジィの奇声が気がかりだ。脆いタイプとはいえ、魔獣の体を崩壊させるほどの声の持ち主をみんなに近づけるべきか……。

ただ、このまま放置するというのも無責任だ。

彼らはかなり疲弊している。まだ行程の半分ほどしか進んでいない今ですらこれなのだから、このまま進み続ければ確実にクモのエサになる。

それをわかっていて見捨てるようなこと……ユートはしない。ロックは確信していた。

「クゥ……クゥ……」

ロックが答えを出せずに悩んでいると、その様子を見たノイジィがハッとした表情で言った。

「この子……私たちにこの森から逃げろって言いに来たんじゃない……!?」

「クゥ!?」

そんなことは言っていない……。ロックは驚いてノイジィを見るが、早くこの樹林から抜け出したい彼女はそういうことなんだと思い込んでいる。

「あの木偶《でく》の坊《ぼう》……ガルゴはとにかく東に抜けろと言ってたわ。それでも、私たちはクモを狩ることが目的だと思って、ここまで遭遇した個体と真面目に戦って来た……。でも、それももう限界！　私たちは十分役目を果たしたし、さっさとズラかるべきよ！」

ノイジィの言葉に、同じく限界に近い男性陣も同意する。

「僕たちはエサになるまで戦うつもりはない……。そんな命令は、たとえ相手がA級冒険者だろうと従う義務はない。僕たちは冒険者だ。兵士じゃない」

「それにノイジィの言う通り、俺たちは十分クモを倒して来たっす。そもそも任務を放棄《ほうき》して逃げ出すわけでもないっす。従順にあの男の指示に従って、東に抜けることを考えるだけっすよ」

どんどん樹林を抜ける方針に傾いていく『暁の風』パーティ。

ロックもまた、それでいいのではないかと思い始めていた。

彼らにはもう戦う力はあまり残されていない。自分たちのパーティと合流させたところで、守るべき対象が増えるだけだ。

ならば、彼らを危険なこの樹林から逃がすことだけを考えるのは理にかなっている。

「クゥ！　クゥ！」

ロックは首を縦に振って、彼らの方針に同意を示す。

問題は、疲れ切った彼らがこの樹林の残り半分を抜けられるのかということだが……。

「そうと決まれば、シェイ！　いつも通り俺たちに『道』を示してくれ！」

「うん、残った魔力でなんとか『風の道』を引くよ」

シェイの体から若草色《わかくさいろ》のオーラがあふれ、それは風のように東へと流れていく。

デイビットとノイジィはその様子を黙って見守っているが、ロックには何が起こっているのかわからなかった。

「ドラゴンといえど、このシェイの魔法はよくわからないみたいっすね。助けてもらったお礼に、このデイビット・エスカーが教えてあげるっすよ！」

「ク～！」

「今、シェイは樹林の終わりまで自分の風魔法を伸ばしてるんすよ。それも俺たちが進みやすいルートを探しながら……。俺たちにはよくわからない感覚っすけど、シェイは風魔法に自分の感覚を乗せることが出来るみたいなんす。だから、風を吹かせて周囲の地形も把握出来るらしいっすよ」

「ク～！」

「さらに引き終わった風の道は、俺たちを加速させる追い風を生む！　正直、クモを狩ることなくただただこの森を駆け抜けるだけなら、楽勝と断言出来るくらいに俺たちの足は速いっすよ！　樹林に来るまでだって、馬車を見捨てれば遅刻なんてしなかったっす……」

「でも、私たちにとって優先すべきは御者さんを守ることだった。それに比べたら、遅刻なんて気にすることじゃないって、私たちのギルドマスターなら言ってくれるわ」

「まったく……それに比べて『鉄の雲』のギルドマスターは図体はデカくても、みみっちい男っすよ……！」

彼らはその御者もガルゴとグルだったということに気づいていない……。

だが、それを伝える手段はロックにはないし、今伝えるべきでもない。

「……よし、樹林の終わりまで道を引くことが出来た！」

魔力を限界まで消費した状態でもシェイは笑顔を見せる。この魔法にそれだけ自信があるのだ。

「後はこの風の道に沿って走り続ければ、森を抜けることが出来る。ただ、道を引いた後に現れた障害物や敵には個別に対応する必要があるんだ。良ければ僕たちが樹林を抜けるまで、君にも同行してほしいんだけど……」

シェイはロックに同行を呼びかける。

しかし、ロックは彼らを安全な場所まで送り届けた後、また樹林の中に戻ってパーティと合流し、戦いを続けなければならない。

そのため、ロックは1つ条件をつけたかった。

「クゥ！　クゥ！　クークー！」

ロックは何度かうなずいた後、東とは逆……西の方角を指さした。これは樹林の外まで送り届けるが、自分はまた樹林に戻りたいという意思を表している。

そして、そのために逆向きの『風の道』を用意してほしいと要求しているのだ。

ロックと接している時間が短い『暁の風』パーティに、自分の考えが伝わるかは未知数。いや、伝わらないのが普通。ずいぶんと分《ぶ》の悪い賭《か》けだったが……。

「……うん、わかったよ。僕たちが樹林を抜けたら、君の仲間たちの元まで道を引こう」

「クー！」

シェイだけはロックの意思を理解した。

「シェイ……ドラゴンの言葉がわかるのか!?」

「言葉はわからないけど、気持ちは伝わって来たような……気がしたんだ」

「ふふっ、これでドラゴンの気持ちがわからないのはデイビットだけになったわね」

ノイジィがわかっているつもりなことに思うところはあったが、ロックはとにかく彼らにすぐに移動を開始してほしかった。

「クゥクゥクゥ！」

空を飛び、シェイの背中を前足でバシバシと叩く。

「わ、わかった！　急ごう！　ただ、道の中では想像以上に加速するから、コースアウトしないように気をつけてね……！」

「クー！」

ロックは『暁の風』の3人と共に風の道を進む。

外から見てもわからない、道の中にだけ存在する激しい風により、吹き飛ばされるような速さでアミダ樹林からの脱出を目指す――。

◇　◇　◇

一方その頃、マザータイプと遭遇してしまったシウルとフゥは、自分たちだけで目の前の敵を倒す覚悟で戦闘を開始していた――。

マザータイプから距離を取るフゥ、逆に接近するシウル。

二手に分かれた獲物をマザータイプは観察する。

マザータイプという個体は、そこらへんに転がっている物は食べない。必ず他の個体が自分のために仕留めて来た獲物か、自分の目で見定めた獲物しか口にしないのだ。

ゆえに『鉄の雲』がゴウガシャグモを狂暴化させるため、アミダ樹林中に撒いた特殊なエサを口にすることはない。

狂暴化して戦闘能力が増すことはないが……危険度A級が持つ高い知能が失われることもない。

複数の獲物を前にした時のセオリー、弱い者から仕留めて数を減らす。

マザータイプはそれを忠実に実行する。狙いは自分から離れていくフゥだ。

「キシャシャシャシャシャ……ギジャァ！」

口から糸を吐こうとしたその時、マザータイプは本能的に後ろへと跳躍した。

自分の命を脅かすほどの危険を察知したのだ……。

「チッ……！　こいつも他の個体みたいに狂暴化しててくれれば、今ので終わったのに」

両手両足から紫電をほとばしらせるシウルの表情は『狩る者』のそれだった。決して狩られる側ではないと言えるだけの何かがある……そんな顔つきだった。

マザータイプは考え方を改め、シウルから仕留めることにした。

「キシャシャシャシャシャシャシャアーーーーーーッ‼」

マザータイプの周囲の地面から木の根が飛び出し、触手のようにうねうねとうごめく。

「植物魔法……！　こいつ、魔法なんて使えたんだっけ……⁉」

危険度A級の魔獣ならば、魔法を使えてもおかしくはない。

だが、事前の情報ではそんな話は一つも出ていなかった。

ここでシウルも考えを改める。そもそもゴウガシャグモは情報を隠されている魔獣。予想外のことをしてくるのが当然なのだ……と。

「紫電花火《ドンナーヴェルク》！」

シウルの両手から放たれた紫電の塊が、マザータイプの周囲で炸裂《さくれつ》する。

拡散しやすい性質を攻撃に組み込んだ魔法によって、マザータイプの周囲でうごめいていた木の根がすべて焼き尽くされる。

しかし、この程度の火力ではマザータイプそのものにダメージは入らない。

体の表面を焼く雷をものともせず、マザータイプは口から糸の塊を連続発射する。その連射速度はフゥの２丁のマギアガンの連射を上回る……！

１発でも当たれば、即座に体の自由を奪われ敗北が確定する。

そんな状況でシウルは、足にまとわせた紫電の力によって地面を滑るように加速する。

紫電に限らず、ある程度雷魔法を極めた者ならば習得している、雷の速度を自らの体に付与する加速の魔法。

これを使いこなせるかどうかで、雷の魔法使いとしての練度がわかるとまで言われている。

シウルは今もこの魔法を完璧には使いこなせていない。

滑るように加速するまではいいのだが、減速がまるで出来ない。そのため、向きを変える時は莫大な雷を放出し、その勢いを利用している。

生まれ持った特殊な属性と豊富な魔力量によって許されたわがままで不安定な魔法……。

そんなものを使わなければ勝てない相手だと、シウルは重々承知していた。

ただ……この魔法は別にキルトから使うことを許されていないわけではない。

本当に許されていない危険極まりない魔法を使うには、とにかく相手の懐に潜り込む必要がある。

「キシャシャシャシャシャシャシャ……ッ！」

マザータイプはハッキリとしない恐怖を感じていた。

生き物としての強さで言えば、目の前の獲物より自分の方がずっと強い。

しかし、目の前の獲物は自分を狩ることしか考えていない……。

初めて遭遇する紫電魔法も、自分に致命傷を与えるには至らない。

一体、目の前の生物は何を考えているのか……まるでわからない。狩られる間際の獲物が見せる、死に物狂いの最後の抵抗とも違う。

何か……相手は明確な何かを狙って行動しているのだ……。

マザータイプは、吐き出す糸の塊に毒を染《し》み込ませる新しい攻撃を編み出し、植物魔法による攻撃をより苛烈《かれつ》にする。

弱い生物がいつまでも大量の魔力を放出出来るはずはない。糸に毒を染み込ませると粘着力はかなり落ちるが攻撃力は増す。木の根によって逃げるルートを塞ぎ、毒の糸を当てて皮膚《ひふ》から少しずつ相手を侵す……。

持久戦に持ち込むことを決めたマザータイプは、奇妙《きみょう》な獲物から距離を取ることにした。

それを待っていたかのように、８本の脚に氷の弾丸が撃ち込まれる。

「ひるんだな。強大な敵を前に……」

シウルとマザータイプの戦いから距離を取っていたフゥは、確実にマザータイプの動きを止められる瞬間をずっと待っていた。

そして、隙が出来た瞬間にマギアスナイパーライフルを8連射し、８本の脚を凍らせた。

連射を想定していないライフルの内部からは異音が聞こえ、銃口も歪んでしまった。ギルドベースで修理しない限り、もうライフルは使い物にならない。

だが、それでも絶対に敵の動きを止めなければならなかった。

彼女たちの勝ち筋は、シウルがマザータイプに零距離《ぜろきょり》まで接近すること以外にないからだ。

「冴《さ》えてるわ……！　私のかわいい妹！」

シウルは稲妻のような速さでマザータイプの下に潜り込み、両手をその胴体《どうたい》に当てた。

「紫電雷霆《ケラウノス》」

紫電魔法最大の弱点は、シウルの未熟さゆえに電気が拡散しやすいこと。

恵まれた特殊属性ゆえの高威力が、敵と少し距離が離れるだけで台無しになってしまう。

逆に言えば、敵の距離が近くなればなるほど……その威力が損なわれることなく、ダイレクトに伝わるということ。

今のシウルにとって最強の魔法「紫電雷霆《ケラウノス》」は、そんな単純明快な発想から生まれた。

「消し飛べぇぇぇぇぇぇーーーーーーッ!!」

欠点は敵に接近しなければ使えないこと。そして、ただただ威力だけを求めた結果――触れた対象が消滅《しょうめつ》するまで、魔力の放出が止まらないことだ。

マザータイプの肉体は紫電の激流の中で塵となり、風に乗って樹林の中へと散った。

同時に、魔力を過剰《かじょう》に消費したシウルが崩れるようにその場に倒れる。

魔力の放出が止まったことを確認してから、フゥは倒れたシウルの元に駆け寄る。

「シウル、大丈夫か!?」

倒れたシウルの体を抱き起すフゥ。息はしているが反応はない。

「よくやったぞ……！　私の自慢のシウル姉さん……！」

「あ……今、私のこと『姉さん』って呼んだ……？」

「幻聴《げんちょう》だぞ」

「え……そうだったかしら……？　いやっ！　絶対に言ってた！」

シウルはカッと目を見開き、勢い良く体を起こした。

「大した奴だ……。あれだけの魔力を放出しても、すべてが尽きたわけではないのか……！」

「ふふんっ、やっぱり私って生まれた時から特別な存在なのよ。だから、体を張ってあんなバケモノとも戦わないといけないわけ。それが持って生まれた人間の役目だからね」

「今回ばかりは、素直に立派だと言わせてもらおう。ありがとう、シウル」

「なぁに改まってんのよ！　フゥだって頑張ってたじゃない！　あんなの1人じゃ不安で絶対勝てなかったわ！　2人の勝利よ、これは！」

「そなたが言うなら……そういうことにしておこう」

「絶対にそうなんだって！　も～、素直じゃないんだから～」

蓮の湖のほとりで、2人はしばらく身を寄せ合っていた。

第5章　覚醒《かくせい》

湖の底から奇襲を仕掛けて来た謎のゴウガシャグモを引き付けるべく、他の個体に襲われるのを承知のうえで、俺は再度樹林に足を踏み入れた。

特殊な擬態能力に加え、再生能力まで持っている厄介な相手だったが、擬態能力を実現するためか表皮は他の個体より脆かった。

普通に攻撃が通る相手なら、戦い方を大きく変える必要はない。狙うべきは急所たる頭だ。

樹林の中に奴を引き付け、木から木へと移動して吐き出される糸を回避し、一気に接近。

後はオーラをまとわせた竜牙剣で頭ごと一刀両断する。

頭と体を真っ二つにされれば、流石に再生も出来まい。

こいつはあくまでも隠密《おんみつ》特化の個体だ。最初の奇襲で俺たちを倒せなかった時点で、そこまで恐れる相手ではなかったんだ。

しかし、情報にない新タイプというのは、それだけで警戒に値《あたい》する。間違った対応をしたとは思っていない。

ただ、この新タイプが呼び寄せた無数のクモたちには非常に手を焼かされた。

単独で四方八方から襲い来るクモに噛まれないよう立ち回るのは難しく、防戦一方になった。

なかなかクモの数が減らせず、パーティとの合流もままならないと焦っていたその時――クモたちの動きが一斉に停止した。

「えっ……!?」

予想外の出来事に俺の動きも止まる。

その後、クモたちは文字通り「蜘蛛の子を散らす」ように樹林の奥地へと逃げて行った。

置いて行かれた俺は呆然としていたが、すぐにある情報を思い出した。

ゴウガシャグモの生態の1つ――群れのリーダーたるマザータイプを倒された場合、次のマザータイプが現れるまでは森のどこかに隠れ潜む。

「これは……誰かがマザータイプを倒したのか」

さっきのクモたちは狂暴化していた。目の前の獲物を放置して、他に狙いを変えたとは思えない。

死を恐れない兵隊である彼らが、俺を恐れて逃げ出すなんてこともあり得ない。

やはり、誰かがマザータイプを倒し、それを感じ取ったクモたちが撤退《てったい》したと考えるのが妥当《だとう》。

問題は誰がマザータイプを倒したのか……ということだ。

普通に考えたらガルゴ・グンダムなんだけど、彼の目的は俺たちゲストパーティを狂暴化したクモに襲わせ、戦闘不能に追い込むことにある。

そして、ガルゴが一番潰したいと思っているのはおそらく俺だ。

俺が元気なうちにマザータイプを倒してしまったら、蜘蛛狩りは台無しになってしまう。

ガルゴが真っ当に仕事をして、普通にマザータイプを倒した可能性は……ないだろう。

『鉄の雲』のメンバーがうっかりミスで倒してしまったとか、アミダ樹林に棲む他の魔獣と戦いになって負けてしまったとか……どれもしっくりこないな。

とにかく、倒すべき敵はいなくなったんだ。急いでシウルさんたちに合流しないと！

戦いながら移動を続けたので、自分の現在地はよくわからない。

それでも東へと移動し続ければ、合流出来る可能性は高まる。

「まずはあの蓮の湖に戻ろう」

竜牙剣を鞘に収め、東に向かって歩き出した瞬間……背後に殺気を感じた！

とっさに右に跳び、近くの木の陰に隠れる。

すると、さっきまで俺がいた場所を、シュッと鋭い音を立てて氷の矢が通過していった。

狙われている……。それもゴウガシャグモじゃなくて、おそらく人間に……！

魔法を使う魔獣もいるが、矢のような武器を模《も》した魔法を使うのは、人間である可能性が非常に高い。

「なりふり構っていられないってことか……」

草木に隠れて俺の周りをうろつく気配も感じる。

すでに攻撃を受けている以上、俺が反撃する権利はあるだろう。

ただ……同じ人間と戦うなら、その意思を確認したい。

「コソコソせずに出て来たらどうですか、『鉄の雲』の皆さん。ゴウガシャグモが使えなくなったから、直接俺を潰そうとしてることはわかってますよ」

「なら、おとなしく潰されてくれ……。俺たちの生活のためによ……！」

茂みの中から1人の男が飛び出して来た。

名前は知らないが、顔に見覚えがある。『鉄の雲』のメンバーだ。

その男はメイスを振り回し、俺を殴りつけようとする意思を隠さない。

「そうまでしてガルゴに従う必要はあるんですか！　こんなことするくらいなら、他のギルドや、他の仕事に、移った方がいいじゃないですか！」

「黙れッ！　綺麗事《きれいごと》抜かしてんじゃねぇよ……！　俺みてぇなロクに教育を受けてねぇ馬鹿は、体を使う仕事しか出来ねぇ。その仕事の中で一番稼げるのが冒険者、それも上級ギルドよぉ！」

男のメイスを回避しながらも話を聞く。もちろん飛んで来る矢から身を隠すことも意識する。

他にもメンバーが潜んでいるのはわかっているが、彼らは俺と戦う決心がつかないのか、未だに動きが見られない。

「確かに『鉄の雲』はまともなギルドじゃねぇ……。だが、稼ぎは間違いなくいい！　体を使う仕事ってのは、大なり小なり死のリスクがつきまとう。ならば、出来る限り稼げる仕事をする！　体が潰れたら野垂《のた》れ死ぬだけの馬鹿は、そうして生きるしかねぇんだよ！」

目いっぱいの力で振り下ろされたメイスが大地を揺さぶる。

そして、彼の言葉が仲間たちの心を揺さぶる。今まで動かなかった気配が、次々と動き出して俺に近づいて来る。

他のギルドや他の仕事を見つけるのが大変だということはわかる。

俺だって最低限生きていけるからって、ロクでもない上級ギルドにしがみついていた。

彼らと俺に、そんなに大きな差はないのかもしれない。

共感出来る、同情出来る、でも……許すことも、見逃すことも今は出来ない。

「覚悟の上でやっているのなら……少しくらい痛い目を見ても受け入れてくださいよ」

これ以上話を聞いていたらやられてしまう。俺は彼らを倒すため……奥の手を使う。

「運良く恵まれてきただけのガキが！　世の中の理不尽さを体に教え込んでやるッ！」

男は大きくメイスを振り上げるが、それはあまりにも隙だらけの攻撃だった。

俺はその前に、オーラをまとった竜牙剣を男の腹に打ち込んだ。

「が、かは……ッ！」

ただし、鞘に入れたままの竜牙剣を……だ。

竜牙剣は俺の感情に呼応して力を発揮し、時に斬った相手を塵にしてしまうこともある。

だから、決してその刃で人を斬ることは出来なかった。

でも、そうすると対人戦になった時、俺は丸腰で敵と戦うことになってしまう。

対人戦に備えて別の武器も持ち歩こうかと考えていた時、キルトさんがふと竜牙剣の鞘について話をしてくれたんだ。

鞘なんて何でもいいだろうと思っていたキルトさんとは異なり、竜牙剣を作った職人コーボさんは、竜の牙から削り出した剣を収めるにふさわしい鞘の素材を探していた。

そうして選ばれたのが、ヘンゼル王国から遥か東方の国に住む亀のような神獣『玄武《げんぶ》』の甲《こう》羅《ら》……その一欠片《ひとかけら》だった。

とあるオークションに出品されていたそれを落札したコーボさんは、落札金をグランドマスターに請求しつつ、一流の剣にふさわしい一流の鞘を完成させるに至った。

鞘としては過剰なまでの強度を持ち、竜牙剣を直接ぶつけても壊れないほどだ。

ただ硬いだけでなく柔軟性も持ち合わせていて、いくら衝撃を与えても鞘が吸収し、中に収められている刃には何の影響もないという。

俺はこの鞘をそのまま武器として使うことにした。

コーボさんに頼んで、鞘が意図せず抜けないようにするベルトを取り付けてもらった。

このベルトを締めることで、竜牙剣は鞘をメインとした打撃武器に変貌《へんぼう》する。

斬ることは出来なくなるが、代わりに相手を塵にすることもなくなると証明済みだ。

「クモが引っ込んだ今なら、森の中で眠っててもらっても問題ないな」

迫って来る『鉄の雲』のメンバーを殴る、殴る、殴る！

鞘にまとわせたオーラを相手の体内にねじ込むようなイメージで打ち込み、手際良く意識だけを奪っていく。

「こ、こいつ……ドラゴンがいなくても、こんなに強いのかよぉ……！」

気絶する間際に、あるメンバーがそう言った。

そのドラゴン——ロックにふさわしい相棒であろうとするから、俺は強くなれるんだ。

「ひぃ……！　も、もう何もしませんっ！　だから、俺だけでも見逃してください……！」

そう言って、離れたところから氷の矢を撃っていた男が逃げ出す。

「流石にお前は見逃せない！」

今までの『蜘蛛狩り』では死人が出ていない。死人が出れば、それを口実により踏み込んだ調査が行われる可能性があるため、ガルゴもそれを望んではいない。

だから、さっきまでの戦いは、お互いに殺しはしないという暗黙《あんもく》の了解があった。

だが、この氷の矢の男だけは違う。最初から一貫して俺の急所を狙っていた。

意図的にしても、下手だからにしても、こいつを放置すると仲間たちも危険に晒す。

そもそも俺の制止を振り切って戦いを始めた以上、全員寝てもらわなければならない！

「逃げ足が速い……が、しかし！」

体内の魔力の流れを意識し、それを足に集中させるイメージ……。

魔法は使えなくても、俺の体にも魔力は流れている。

肉体強化魔法より効果が薄い、誰でも出来る魔力コントロールで身体能力の底上げをする。

ずっと続けて来た基礎訓練の成果を発揮し、逃げる男との距離をどんどんと詰めていく。

そして、鞘が届く距離まで詰め寄って……その首筋に一撃を加えた！

「ぎゃふ……ッ!?」

近くで見ると結構細身だった男は、その一撃で気絶した。

これで、俺を監視《かんし》する役目を負っていたメンバーは全員片付いただろう。

「それで……ここはどこ？」

クモの群れとの戦いで樹林の中を移動し、逃げた男の追跡でさらに移動した。

現在地はまったく見当がつかなくなっている……。

「まだコンパスはちゃんと持ってる。とにかく東に向かおう！」

本当は少し休憩を入れたい。クモと戦い、人と戦い、慣れない戦法もいくつか使った。

だが、残念ながら休んでいる余裕はないんだ。

マザータイプの喪失が、『鉄の雲』にとってイレギュラーだったのは間違いない。

そうでなければ、あんなに焦りをあらわにしながら俺に戦いを挑んで来るはずがない。

最初から人の手で俺を倒そうというのなら、心の準備も出来ているだろう。

この事実の何がマズいかと言えば……シウルさんやフゥにも冷静さを失った『鉄の雲』のメン

バーが襲い掛かっている可能性が高いということ……！

◇　◇　◇

「あらあら……ごきげんよう、ユリーカ。こんなところで会うなんて奇遇ね」

ユートの心配は的中した。マザータイプを辛《から》くも撃破したシウルとフゥの前に、『鉄の雲』の幹部であるB級冒険者ユリーカ・ルドベキアとその部下たちが現れたのだ。

「さっきの戦い……見てた？　マザータイプは私が華麗《かれい》に倒してしまったわよ？　これにて蜘蛛狩りは終了ということで、帰ってもいいかしら～？」

「くっ……！」

余裕綽々《よゆうしゃくしゃく》なシウルに対して、苦虫を噛み潰したような表情のユリーカ。

ゲストパーティを監視しつつ、狂暴化したクモを誘導して襲わせる役目を負わされたユリーカたちは、ガルゴ大林道を通ることでアミダ樹林内部を素早く移動。シウルたちよりも先に蓮の湖の対岸にたどり着いていた。

そこで湖を渡り切り、油断しているシウルたちをクモに襲わせる算段だったが、ここでユリーカたちをマザータイプが急襲する。

本来はまだ樹林の奥地に潜んでいるはずの大物が突然現れたことで、ユリーカたちのパーティは大混乱に陥ったが、メンバーに何人かの犠牲を出しつつマザータイプをシウルの前に誘導することに成功する。

予想外の事態に巻き込まれながらも、ガルゴの命令を果たせたと安心したのも束の間、あろうことかシウルはマザータイプを撃破してしまったのだ。

その結果ゴウガシャグモの群れは統率を失い、残った個体が樹林の奥地へと散って行った。

これで表向きには蜘蛛狩り成功だが、ガルゴ・グンダムと『鉄の雲』が画策《かくさく》する本当の蜘蛛狩りは大失敗となった。

ユリーカたちは茫然《ぼうぜん》自失《じしつ》し、その失敗の責任を自分たちに押しつけられることを恐れた。

しばらくの話し合いの後、彼らはユートを襲ったグループと同じく、自らの手でシウルたちを戦闘不能に追い込むことに決めた。

彼らには最終手段として、人工的に抽出《ちゅうしゅつ》したゴウガシャグモの毒がある。

それを注射器で体内に打ち込めば、クモに噛まれた時と似たような症状を起こすことが出来る。

もちろん、それを行うためには相手を無力化する必要があり、やり方によってはクモではなく人に襲われたという証拠を残す可能性もある。

リスクの高い行為ではあるが、ガルゴの命令を遂行するには……もはやこの手段しかない。

「なになに？　どうしたの？　もしかして……私がマザータイプを倒したらマズかったかしら？」

挑発をやめないシウル。彼女の横腹をフゥが肘《ひじ》で小突《こづ》く。

「そんなに煽《あお》ってどうするのだ……。こちらとて、万全な状態ではないのだぞ……」

小声でひそひそと話すフゥ。しかし、シウルの方は余裕な表情を崩さなかった。

「問題ないわ。魔力も半分くらいは回復してるし、あいつらと戦うことになったとしても、負ける気がしないわね」

「そんなに早く魔力が回復するものか……？」

フゥは半信半疑だったが、おおよそ戦いが避けられない状況なのは察していた。

「で、私たちは帰っていいのかしら？　あんたたちは私たちを森の外まで案内するために、そこに突っ立ってるのよね？」

ユートとロックが不在の今、シウルたちだけで樹林を抜けることはない。

この挑発は相手の先手を引き出すためのものだ。

「ユリーカさん……やるしかありませんよ……」

ユリーカの部下たちが小声でささやく。

「もうクモがあいつらを襲うことはない……。ならば、俺たちの手であいつらを追い込まないと、逆に俺たちがガルゴさんに……！」

「さっき決めた通りに攻撃を仕掛けましょう……！　この瞬間もどこで見られているか……！」

部下たちは何としてもシウルたちを逃がすまいと臨戦態勢《りんせんたいせい》だ。

だが、ユリーカだけは最後の踏ん切りがつかないでいた。

「やめときなさいよ。私が怖いんでしょ？　下手すれば消し飛ぶことになるもの」

シウルが紫電をちらつかせる中、部下たちは痺れを切らして突撃する。

「てめぇなんか怖くねぇ……！」

「本当に怖いのは……！」

それを言い切る前に、部下たちは紫電に打たれて気絶した。

「今の私は……さっきまでの私とまるで違うわよ」

「ハッ……!?」

部下を倒したシウルが、自分の背後に回り込んでいることにユリーカは気づいた。

マザータイプとの戦いの最中は使いこなせなかった高速移動をものにしている……。

自分より格上の敵との戦いが、シウルの魔法使いとしての実力を一気に引き上げたのだ。

「おとなしくしなさい、ユリーカ。あんたでも今の私には勝てない。素直に罪を認めて、『鉄の雲』が行《おこな》って来た悪事を洗いざらいしゃべるなら、罪を軽くしてもらえるようにお願いしてあげるわ」

「……あんたが私より強い……ですって？　自惚《うぬぼ》れるんじゃないわよッ！」

ユリーカの魔法属性は……雷。シウルとは違う、純粋なる雷属性である。

雷魔法の高速移動、それを脚以外にも適用した高速の拳がシウルのみぞおちにめり込んだ。

「ごぼ……ッ!?」

湖で溺《おぼ》れた時に飲み込んだ水を吐き出し、シウルが腹を抱えてうずくまる。

「あら、汚い子……！」

ユリーカは片足を高々と振り上げ、うずくまるシウルの頭にかかとを落とそうとする。

しかし、顔を上げたシウルは寸前でその足を掴み取った。

「お馬鹿さん……食らいなさいっ！」

掴んだ足から紫電を流し込み、ユリーカの肉体を感電させる。

雷属性の魔法を扱える者は、他者が扱う雷の魔法にも耐性《たいせい》がある。

しかし、シウルの属性は雷の中でも特殊な紫雷――耐性は完全には発揮されない。

「きゃあああああああーーーーーッ!!」

ユリーカは痙攣《けいれん》しながら地面に倒れた。

シウルは彼女の足から手を離して立ち上がる。

「これで……格の違いはわかったでしょ……！」

「まだ……まだ終わってないわ……！」

短い気絶から復帰したユリーカは、飛び上がってシウルに殴りかかる。

「紫電雷霆《ケラウノス》」の威力を恐れているのはシウルも同じ……。

人間を消し飛ばしてしまわないように、紫電魔法そのものの出力を無意識に落としていた。

「手加減し過ぎたか……！」

接近戦となると、積み重ねて来た戦闘経験の差が如実《にょじつ》に表れる。

体術に勝《まさ》るユリーカの拳が、シウルに次々と叩き込まれていく。

「シウル！　それ以上やられっぱなしなら私が手を出すぞ！」

状況を見守っていたフゥが叫ぶ。

「くっ……！　手出しは無用よ……！」

そう言ってシウルもユリーカに殴りかかるが、その拳はいつもギリギリで回避されてしまう。

今も頭を狙って拳を突き出すが、軽く頭を傾けて回避されてしまった。

「掴んだ……！」

「えっ……!?」

頭を狙って突き出されたように見えた拳が掴んだのは……ユリーカの金髪だった。

「い、いつの間に髪がほどけて……!?」

「複雑な髪型にしているくせに……いつもセットが雑なのよ……！」

髪から流し込まれる紫電！　出力を上げたそれはユリーカの体の自由を奪う。

「これで……私の勝ちッ！」

感電して意識がもうろうとするユリーカの頬に、シウルの平手打ちが炸裂《さくれつ》する。

吹っ飛んだユリーカの体は、水しぶきを上げながら湖の中に落下した。

（あ、ああ……くっそ……また負けた……）

薄れゆく意識の中で、ユリーカはシウルのいた日々を思い出していた。

同じギルドの中で存在感を放つのは、いつだってシウルの方だった。

（私の方が……目が小さい、声が低い、背も低くって……脚は短い……。並んで立つと腰の位置が明らかに違って……。魔法も下位互換で、あんたに本気を出されたら勝てないって……ずっと前からわかってた……）

『鉄の雲』で鍛え上げた戦闘能力も、生まれ持った特殊な属性の前に敗《やぶ》れ去った。

もはや、ユリーカには浮上する体力も気力も……理由も残されていない。

ただただ湖の底へと沈みゆく体……。それを引き上げたのは他でもないシウルだった。

水中でユリーカの体を抱きかかえ、体に巻き付けたフゥのマギアガンのワイヤーを引っ張り、引き上げの合図を地上に送る。

マギアガンの巻き上げ機構を利用して水面へと浮上した２人。

岸へと這《は》い上がろうとしないユリーカを、シウルが水中から押し上げる。

「ごめん、最後のビンタはやり過ぎたかも……」

「どうして……どうして、私を助けようとするわけ……？」

地面の上に寝転がるユリーカはそう問いかける。

それに対するシウルの答えは、あっけらかんとしたものだった。

「え、そりゃ死なれたら悲しいもの。仲良しってわけじゃないけど、別にあんたのこと嫌いってわけでもないからね。まあ、森に入る前のことはむかついたけど！」

自分が抱いていた感情に比べて、シウルの自分に対する感情は軽いものだった。

ユリーカにとってそれは、決して喜ばしいことではない。

「あんたが私のことを嫌いにならないのは……私があんたにとって大した脅威じゃないからよ……。自分より醜くて、弱くて、何かを奪い取られる心配がない、無害な存在だからよ……」

歯牙《しが》にもかけられていないという実感は、ユリーカを酷く惨めな気持ちにした。自分は何ひとつシウルに勝る点がない、無価値な存在とすら思えた。

容姿や能力が優れた人間は、誰かと並んだ時に比較されても、下に置かれることはない。

だからこそ、人前でも堂々と胸を張り、自信を持って生きていける。

すべてに劣る人間はコソコソと何かの陰に隠れて、何かの力にすがって、生きていくしかない。

「なら……少なくとも私があんたのことを嫌いじゃないってことは、認めてくれるわね？」

ユリーカのそばに座ったシウルが語りかける。

「確かに私は美しい、スタイルも良い、唯一無二《ゆいいつむに》と言えるほどにね。しかも、魔法までもが特別と来たもんだから、私の存在が誰かの劣等感という濃い影を生むことはわかる……。でも、それを悪いなんて思わない。生まれた頃から、これが私なんだもの」

シウルは冷え切ったユリーカの手を握りしめる。

「あんたがこんなに苦しむなら、私たちはあのギルドで出会わなければ良かったのかもしれない……。でも、私は自分と同じ境遇《きょうぐう》で、同じ年齢で、同じ性別で、頑張って生きてる人と出会えたこと……心の中じゃ嬉しいと思ってたから」

天涯《てんがい》孤独《こどく》の人生は生きている意味を簡単に見失う。

同じ境遇でも生きようとする人がそばにいるだけで、その孤独は軽減される。

「ユリーカは自分を貫いて生きられる強い心を持っているはずよ。もうガルゴみたいな奴に従うのはやめときなさい。暴力男について行っても、幸せな未来なんて訪れないわ。それと簡単に生きることを投げ出すのもやめなさい。あんたがそんなんじゃ、私も不安になるでしょうが」

「好き勝手言って……それで励ましてるつもりなの……」

「私に励まされたって惨めな気分になるだけでしょ？　だから、尻を叩いてあげてるのよ！　うじうじしている暇があったら、私より優れているものを探しなさい。私だって自分が完璧な人間だとは思ってないんだから、付け入る隙を見つけて、追い抜いてみせなさいよ！」

シウルは握りしめたユリーカの手を引っ張って、彼女を立たせようとする。

「あんたがボコボコにしたから……立とうと思ってても立てないわよ！」

「なら……フゥ！　こいつにポーションを飲ませてやりなさい！」

2人のやり取りを遠巻きに眺めていたフゥは、やれやれといった表情でリュックからポーションの入った小瓶を2本取り出す。

「お前たち2人とも飲め。せっかくマザータイプを倒したというのに、人間同士で争って傷つけ合ってボロボロになっているではないか」

小瓶を持って2人に近づくフゥの手に、樹林から飛来した拳ほどの大きさの石が直撃する。

同時に骨と小瓶が砕ける音が響いた。

「ぎゃ……!?」

何が起こったのか理解出来ず、反射的に小さな悲鳴をあげるフゥ。

小瓶が割れたことで、中身のポーションが地面にぶちまけられる。

フゥの両手の骨は複雑に折れ、指もマギアガンを扱えない状態になっていた。

「今回の蜘蛛狩りはァ……『鉄の雲』のメンバー含めて犠牲者続出。無能なゲストパーティに足を引っ張られ、過去最悪の狩りになってしまったァ……という筋書《すじが》きがふさわしいと思わないか？なァ、ユリーカよ……!」

樹林の中から現れたのは、ガルゴ・グンダムだった。

◇　◇　◇

「ど、どういうことだよ……!?　クモどもが逃げ出して安全になったと思ったのに……なんで俺たちが『鉄の雲』のメンバーに襲われなきゃならないんだ!?」

アミダ樹林からの脱出を目指す『暁の風』パーティとロックもまた、『鉄の雲』のメンバーの襲撃を受けていた。

風の道はシェイの感覚そのものに近く、道の中に侵入物があった場合はシェイが感じ取って、ぶつかる前に減速することが出来る。

そうして風の道に侵入して来る大型のゴウガシャグモと何度か戦っている間に、『鉄の雲』のメンバーに追いつかれてしまったのだ。

『暁の風』パーティを監視していたグループにとっては、マザータイプを倒されたことは些細《ささい》なことだった。

なぜなら、その前に『暁の風』パーティが樹林を脱出しそうになっていたからだ。

標的に逃げおおせられては、それを監視していたメンバーの責任問題に発展する。

焦った監視グループは、クモと戦うたびに止まっている『暁の風』パーティを必死の思いで追い越して先回りし、樹林の終わり手前で襲い掛かったのだ。

「ノイジィの声が人間相手の無差別攻撃に向いてたから助かったけど……もしそうじゃなかったら……僕たちはどうなっていたのかな……」

人に襲われたショックで早まる鼓動《こどう》を、胸に当てた手から感じるシェイ。

彼らの耳当ては特別製で、ノイジィの声の影響をかなり軽減出来る。

ロックは予備のものを借りていた。適当な物を耳に詰め込んだ程度では、彼女の声を防ぐことは出来ない。

「あのウワサは本当だったのね！　蜘蛛狩りに呼ばれた冒険者が、任務中の事故に見せかけて潰されてるって……！　私もこいつらに襲われるまでは信じられなかったけどさ！」

ノイジィは自分の周りに転がる、鼓膜を破壊された『鉄の雲』のメンバーを示しながら言う。

流石に同業者に襲い掛かられては、シェイたちもそういったウワサを信じざるを得ない。

「これから僕らは……どうすればいいんだろう……？」

「クゥ！　クゥ！」

すっかり怯えてしまったシェイに、ロックが樹林の出口を指さす。

あと数メートルで彼らはこの鬱蒼とした樹林から抜け出すことが出来るのだ。

「そうだね……。まずはここを抜け出して、君をユートくんのところに送り届けよう」

『暁の風』パーティはゴウガシャグモと『鉄の雲』の襲撃を撥《は》ね除《の》け、見事アミダ樹林からの脱出に成功した。

常に頭を押さえられているかのような緊張感から解放され、全員が一度うーんと伸びをする。

「クー！　クー！」

脱出の手助けを終えたロックが、シェイに風の道を作ってもらおうと呼びかける。

「……君たちにとって、ゴウガシャグモも『鉄の雲』の人たちも脅威にはならないのかもしれない。でも、あの樹林の中にはまだガルゴさ……いや、ガルゴという一番の危険人物がいる。それを承知で仲間たちの元に戻るんだね」

「クー！」

新たな風の道を構築しながら、シェイはロックに語りかける。

「僕たちも戦うべきなのかもしれない……。目の前の巨悪を……見逃してはいけないのかもしれない。でも……僕にはあの男に立ち向かう勇気がないんだ……！　殴られた記憶が、にらまれた記憶が……消えない……！　ごめんよ……僕には君を送り出すことしか出来ない……！」

シェイは唇《くちびる》を噛みしめ、悔しさに体を震わせる。

デイビットとノイジィも、申し訳なさそうにうつむく。

ガルゴ・グンダムという男の暴力と威圧感は、常人《じょうじん》の心を簡単にへし折ってしまう。

「ク～！」

ロックは空を飛び、シェイの頭の上に乗っかる。そして、前足で頭をすりすりし始めた。

「こんな僕を……許してくれるのかい……？」

「クー！」

「君は強いだけじゃなくて……優しいんだね……。せめて、この風の道だけは完璧に……君たちの仲間のところまで直接繋げるよ……！」

それからしばらく、ロックはシェイが風の道を完成させるのを待った。

アミダ樹林の木々は枝も葉も多く、空から見ただけでは仲間の存在を見逃す可能性がある。

シェイの風の感覚と加速に頼るのが、仲間たちの元に帰る一番の近道だとロックは判断したのだ。

「……見つけた！　でも、これは思ったよりも事態が進行している……！　すぐにでも風に乗って、仲間たちのところに行くんだ！　君なら道に何が立ち塞がっても無視出来る！」

「クゥ！」

ロックは元気良く返事をし、風の道へと飛び込んだ。

そして、樹林に入ったロックの姿は、一瞬でシェイたちから見えなくなってしまった。

「ありがとう、ロックくん……。僕たちも僕たちなりに戦うよ……！」

「戦うって……まさか、この風の道を通って樹林の中に戻るのか!?」

デイビットは顎《あご》が外れんばかりに口を開いて驚愕《きょうがく》する。

しかし、シェイは静かに首を横に振った。

「もう一度だけ……風の道を引く。ここから一番近い街トーザまで。そして、誰でもいいから助けを呼んで来るんだ」

「助けを呼ぶって……誰か来てくれるかしら……？」

首をかしげるノイジィだが、シェイの決意は揺らがない。

「僕たちには蜘蛛狩りの依頼書の控えがある。これがあれば、少なくとも僕たちが蜘蛛狩りの参加者であることは証明出来る。そんな僕らが『鉄の雲』からの暴力を必死に訴えれば……憲兵団でも、グランドギルドでも、話を聞いてくれる可能性はある……！」

「分の悪い賭けだが……あのドラゴンに救ってもらったからにはやるしかない……！」

「あの木偶の坊にぎゃふんと言わせないと気が済まないっ！　泣きわめいてでも、ここまで人を連れて来てやるぅ……！」

パーティの心は1つになった。シェイが魔力の限界を超えて風の道を引く。

（ユートくん……僕は君のようにはなれないけど、君のような冒険者がこんなところで潰されるのを見過ごすことは出来ない。君はこれからも数え切れないほどたくさんの人たちを救うことが出来る……そういう存在なんだ！）

◇◇◇

危険度A級相当の魔獣ゴウガシャグモ・マザータイプ。

そして、B級冒険者にして、上級ギルド『鉄の雲』の幹部ユリーカ・ルドベキア。

アミダ樹林に足を踏み入れる前までは、とても勝てはしなかったはずのそれらの強敵たちを次々と撃破して来たシウル・トゥルーデル。

その奇跡《きせき》の快進撃《かいしんげき》も……A級冒険者ガルゴ・グンダムには通用しない。

「無間岩徒《むけんがんと》――そらそらァ……どんどん倒さないと押し潰されるぞ」

ガルゴの魔法属性は『地』。砂、石、岩、土、泥、金属などを司《つかさど》る属性である。

その中でもガルゴが得意とするのは岩の生成と操作。これは地属性魔法の中でも非常にオーソドックスで、一番使い手が多いといってもいい魔法だ。

だが、十分に練り上げられたガルゴの岩石魔法は常人のそれと一線を画す。

無間岩徒は魔力の続く限り岩石の人形ゴーレムを生成し、敵に向けてひたすらに突撃を繰り返させる魔法。

ゴーレムのサイズはガルゴと同じ2メートル。その一体一体が人並みの格闘術を披露出来るほど、ガルゴの岩石操作はきめ細かなものだ。

「くっ……！　大雑把《おおざっぱ》なようで、繊細《せんさい》なところもあるじゃない……！」

強がりを言うシウルだが、そもそもの話として雷属性は地属性と相性が悪い。

そこに単純な魔法使いとしての練度の差が上乗せされ、紫電を以てしてもゴーレムを簡単に砕くことが叶わない状況だった。

これが万全な状態ならば、群がっている状態のゴーレムに「紫電雷霆《ケラウノス》」を打ち込んで全滅させられたが、もはや今のシウルに「紫電雷霆《ケラウノス》」は発動出来ない。

底を突きかけている魔力をやりくりして、何とか傷を負ったユリーカとフゥにゴーレムを近づけないように戦い続ける。

「今のうちにこれを飲め……。予備のポーションだ……！」

フゥがリュックの中のポーションをユリーカに差し出す。

両手の骨を砕かれたフゥだったが、その時にポーションの小瓶を持っていたことが幸いした。砕け散った小瓶の中のポーションが少量だが手にかかり、少しずつ傷を癒やしていたのだ。

とはいえ、万全な状態ではない。手を動かすたびに、顔をしかめるような激痛が走る。

「そんな……これはあなたが使うべきよ！」

フゥが激痛に耐えていることがわかる以上、ユリーカはおいそれとポーションを受け取ることが出来ない。

「私は一番威力が出る武器を失った……。もはや、手が治ろうがこの戦いにはついて行けない。それにそなたが動ける状態にならなければ、逃げ出すことも叶わぬのだ……！」

「私なんか、置いて行っていいのよ……！」

「つべこべ言わずに飲め！」

フゥは痛みの残る手でポーションの小瓶をユリーカの口に突っ込んだ。

紫電を食らった際の火傷《やけど》とビンタの腫《は》れがみるみるうちに治っていく。

「すごい効果……！　ありがたいけど、私だってあの男には勝てないわよ……！　人柄や態度、容姿や言動が批判されることはあっても、その実力を否定する人間は1人もいない……。ガルゴ・グンダムとはそういう冒険者なんだから……」

「私が派手に一発かますから、その間にフゥを背負って雷の高速移動で逃げなさい！」

ゴーレムと殴り合っているシウルが叫ぶ。当然、それはガルゴにも聞こえていた。

「おうおう……言ってくれるじゃないかァ……。俺も言っておくがァ、ここから誰も逃がすつもりはない。中途半端な高速移動なんかで逃れられると思わない方がいい……」

「ユリーカ、後はあんたがどっちの言葉を信じたいかだけよ」

迷っている時間はないとわかっていた。ユリーカの出した結論は――。

「わかった。私が逃げる隙を……作ってみなさいよ！」

フゥを背負い、ユリーカは立ち上がった。

「上等ッ！　最後の魔力で、人生一番の魔法を……！」

尽きかけているとは思えない魔力がシウルの体から放出され、押し寄せるゴーレムたちがドミノ倒しのように仰向《あおむ》けに倒れていく。

ガルゴ・グンダムはその光景を見て、大きく目を見開いた。

自分の魔法が押し返されたことに驚いたのではない。

ガルゴが見ていたのは、シウルの周囲に浮かぶ紫色の結晶《けっしょう》たちだった。

「魔創核《まそうかく》が現れたかァ……！　フ、フフフフフ……ッ！　気まぐれで、あの男よりこちらを優先して正解だったァ！　ただの付け合わせかと思ってたが、想像以上に潰し甲斐があるッ！」

この日一番の笑顔を見せるガルゴからも、膨大な魔力が放出される。

そして、ガルゴの正面に黄土色《おうどいろ》に輝く大きな結晶が生成されていく――。

「な、何なの……。一体、何をしようって言うの……!?」

2つの魔力のぶつかり合いは、魔法の発動を待たずして周囲の空間に重くのしかかるようなプレッシャーを生み出す。

逃げ出す覚悟を決めていたユリーカの体も鉛《なまり》のように重くなり、最初の一歩を踏み出すことすら不可能に思えて来る……。

ガルゴの言葉通り、ここから誰も逃げられないかと思われたその時……蓮の湖の対岸に天まで伸びる塔《とう》のような光が出現した。

「なんだァ……？」

発動前の魔法から意識を逸らし、紅色に輝くまばゆい光を見上げるガルゴ。

雲を貫かんばかりにまっすぐ伸びるその光はすぐさまぐらりと傾き、対岸にいる面々に向かって加速しながら倒れ始めた！

「ちょ、ちょっとちょっと！　次から次へと何なのよ！」

ユリーカは、魔法の発動に集中し過ぎてこのことに気づいていないシウルの腕を引っ張って、倒れて来る光の塔から離れた。

対するガルゴは、その場から動こうとしない。

「あーあ、来やがった……か」

押し寄せる光に呑み込まれるガルゴ。

光の塔は蓮の湖をも真っ二つにし、光が通った場所は水が押しのけられ湖の底が露出する。

その湖の底を走って、対岸へと向かって来る者が1人……。

「ユート……！」

最初にフゥが反応し、それを聞いたシウルも我に返り、ユートの姿を確認する。

あの紅色に輝く光の塔は、竜牙剣の紅色のオーラが怒りによって膨れ上がった姿だった。

それをそのままガルゴに叩きつけ、湖まで割って仲間たちの元へと駆けつけたのだ。

「遅れてすみません」

「本当よ、もうっ！　おっそいんだからっ！」

「待ちくたびれて死ぬところだったぞ……！」

シウルがユートの体をバシバシと叩く。

未だ傷を負っていないユートの体は、それくらいの愛情表現を受け止める余裕がある。

「まだ戦いは終わってません。今のうちにここから逃げてください。そして、出来ることなら誰かに今ここで起こっていることを伝えて、この件に関わる人の数を増やしてください。そうすれば、ガルゴも自由には動けなくなります……！」

「わかったわ。あいつのことはユートに任せる！」

シウルたちはユートの言うことを素直に聞いて、この場から離れようとする。

「言ったはずだァ……。ここから誰も逃がすつもりはない……と！」

ガルゴは自分の周囲を岩石で固めて、激しいオーラの一撃を防ぎ切っていた。

岩石による防御を解き、再びゴーレムを無数に生成してシウルたちを襲わせる。

そこへ樹林の方から風が吹いてくる。若草色に輝く風が――。

「クアァァァァァーーーーーッ!!」

風に乗って現れたロックが、赤く輝く炎をゴーレムたちに吐きかける。

その炎はゴーレムに触れた瞬間、幾多《いくた》もの細かい爆発を引き起こし、体を粉々《こなごな》に砕いていく。

爆裂する炎の塊を固めないまま広範囲に噴射《ふんしゃ》する新たな技で、ロックはゴーレムたちを即座に全滅させた。

「ロック！　戻って来てくれたのだな……！」

「クー！」

この場から離れるフゥとすれ違いざまに言葉を交わすロック。

それだけで、ロックが『暁の風』のメンバーを無事に救出したことがフゥに伝わる。

「お前の相手は俺たちだけで十分だろ、ガルゴ・グンダム」

「クウウウ……ッ！」

ユートとロックは並び立ち、ガルゴの前に立ちはだかった。

◇　◇　◇

俺の目の前のガルゴは……心底つまらなそうな顔をしていた。

シウルさんたちを逃がした焦りとか、俺に対する怒りとか……そういう感情は一切見えない。

てっきり襲い掛かって来ると思っていたものだから、予想外の反応に攻めあぐねる。

「おい……なぜ俺がお前ではなく、あの女の方に直接手を下しに行ったか……わかるか？」

意図が読めない質問……。だけど、黙っているのもしゃくな気がする。

「偶然近くにいたのが、そっちだったというだけでは。この樹林は広い、1人ですべてを見通せるとは思えない」

「つまらないからだ」

「は？」

「お前の受け答えみたいに、お前の戦い方がつまらないからだ……。俺のゴーレムは、出す数を絞って1体ごとの性能を上げれば視覚を得る。その視覚から得た情報は、俺の脳にも流れ込んで来る。そうして、全体の情報を統括管理してるってわけだ……」

つまり、ゴーレムの目が自分の目と同じ役割を果たすということか……。

それならば、樹林に散らばった冒険者のすべてに目を光らせることも可能だ。

「当然、蜘蛛狩りの主賓《しゅひん》たるお前の行動も小型ゴーレムで監視していたが……なんだァ？　あの魔法とも剣術とも言い切れない、どっちつかずの中途半端な技はァ……？　ただただ漏《も》れ出て来る魔力をぶつけただけのような、不格好《ぶかっこう》で不細工《ぶさいく》な戦闘スタイルはァ……？」

ガルゴは失望の色を隠さない。言葉の合間に深いため息までついてくる。

この言葉の真意は何だ……？　確かに俺の戦闘スタイルは完成していない。

Ａ級冒険者から見れば未熟にもほどがあるのだろう。

だが……ここまで言われるほど酷いものとも思えない。竜牙剣と紅色のオーラの力で、俺はここまで生き残って来たんだ。

「こんなのがＳ級、キルト・キルシュトルテが選んだ冒険者かァ……？　竜騎士ともてはやされるほどの存在かァ……？　まあ、あの女に人を見る目がないのは、俺が一番よく理解しているがな」

「キルトさんを……理解してるだと？」

「ああ、そうだ。俺はあの女にＳ級昇格の夢を断《た》たれたんだからなァ……！」

ガルゴの言葉に宿る怒気……。その言葉が真実かどうかは置いておいて、少なくとも彼はキルトさんのことを知っているし、良からぬ感情を抱いているのは事実だ。

本来この男の言葉に耳を傾ける理由はないが、今に関しては話を聞くふりをしてガルゴをこの場に足止めしておけば、シウルさんたちが逃げる時間を稼げる。

俺は何も言わず、好きなだけガルゴに語らせてやることにした。

「お前はァ……Ｓ級になる条件を知っているか？」

「条件はグランドマスターのみぞ知る……と」

「まあ、世間一般の認識はそうだろう。実際にそうしてＳ級の称号を手に入れたのが、キルトという女だからな。あいつは現在のグランドマスターがどこからか連れて来た女だ。それ以前のあいつを誰も知らない。フフフ……お前も知らないよなァ？」

言い返したいところだが、確かに俺はキルトさんの過去を知らない……。

でも、自信を持って言えることがある。

キルトさんの実力を正確に表すなら、S級という肩書きすら役不足だ。

きっかけはどうあれ、今のキルトさんは色々な人に信頼されていて、底知れないほど強い！

「贔屓《ひいき》されている奴はグランドマスターの独断で済むがァ……そうでない奴はそれなりの審査を秘《ひ》密《みつ》裏《り》に受けさせられ、S級にふさわしいかどうかを判定される。普段の活動記録の精査はもちろんのこと、グランドギルド側から協力依頼を持ちかけて来ることもある。難易度の高い任務を共にして、その実力を見極めようということだ。そうして、俺の前に現れたのがァ……キルト！」

いつも気だるげに話すガルゴの口から放たれた鋭い言葉が、アミダ樹林にこだまする。

「忘れもしない……。グランドギルドから持ち掛けられたのは、危険度特A級魔獣の討伐依頼だった。特A級――つまり、このまま放置すれば『危険度S級』という、時代が時代なら一種の伝説として名を残す存在になりかねない怪物を殺せという依頼だ」

特A級……『黒の雷霆』にいた時を含めても、流石にまだ出会ったことがない。

いや、S級になる可能性を秘めている存在と考えるなら、ドラゴンであるロックも場合によってはそうなっていたのかもしれないか。

「俺にとっては妥当な依頼だった。S級になる野望を抱くなら、特A級くらい倒せないと話にならないのが道理だ。たとえ1人だとしても、俺はこの任務を遂行する自信があった。しかし、協力依頼ということで、グランドギルドから戦力が送られて来た」

「それがキルトさんだった……と」

「とにかくクソ生意気な娘だったァ……。目上の人間に対する態度がなっちゃいないどころか、ハッキリと俺や部下を見下しているのがわかった。そのくせ、大して働きはしなかったァ……！

俺でも気を抜けば震えが来るような敵を前に、奴は逃げ出したんだァ……！」

「キルトさんが……逃げ出す？　何かを勘違いしてるだけじゃないのか？」

生意気だったことも、目上の人への態度がなっていないことも、ガルゴたちを見下していたことも、本当に当時のキルトさんはそうだったのかもしれない。

だが、敵前逃亡《てきぜんとうぼう》だけはあり得ない。逃げるくらいなら倒した方が早いだろう。

「だがァ……！　俺は敵に立ち向かい……殺した、殺した、殺したァ！　特A級のバケモンを、キルトと同じく役立たずだった部下の手を借りずに、1人で絶命させたんだァ……！」

ガルゴの興奮がピークに達しているのがわかる。

この隙に、シウルさんたちは出来る限り遠くに逃げられただろうか？

「俺はS級冒険者にふさわしいと示したァ……！　役立たずでも部下を見殺しにせず、ちゃんと全員生還させたァ……！　この上ない完全勝利だというのに……それ以降、俺の前にグランドギルドの関係者は現れず、S級昇格の話が来ることもなかったァ……！」

ガルゴが歯を食いしばり、拳を握り締める。

彼は俺が思う以上に、S級の称号を渇望《かつぼう》している……。

「一度の協力依頼だけで昇格出来ないのはわかる。だが、それ以降の可能性まで断たれるようなヘマはしていない。ならばァ……原因はキルトにあると考えるのが自然だ。グランドマスターのお気に入りであるあの女が、わざと俺の評価を下げるような報告をしたのだ」

この激しい思い込み……。ここで否定したところで、どうにかなるものではない。

「表向きは強さだけでS級になったと言われていた女だ。それが敵前逃亡をかまして、その敵を俺が倒したとなれば、ちっぽけなプライドが傷つけられるのもわかる。あいつにとっては、俺に対するささやかな復讐《ふくしゅう》だったんだろうな……だがァ！　それで野望への道を塞がれた俺はァ……たまったもんじゃない……！」

「だから、新人冒険者に八つ当たりをしているのか……？」

「そんなことはゴウガシャグモ討伐という仕事の合間にやっている気晴らしでしかない。それに俺はもうS級になりたいなんて思ってはいない。いかにグランドマスターに気に入られるかを気にするだけの称号よりも、俺はァ……俺の手によって新たな称号を作り出す」

「新たな称号……？」

「グランドギルドに代わる新たな冒険者組織を作り出し、俺が新たなグランドマスターとなる。フッ……まァ、設立時にはグランドギルドだのグランドマスターだの、長い割に格好の悪い名称は変更させてもらうがなァ……！」

グランドギルドやグランドマスターに評価されないから、自分で新たな組織を作り出す……。

その発想に至ること自体は、悪いことではないけれど……。

「そんなことが可能だと思うか？」

「可能だァ……。貴族の後ろ盾と本当に実力のある者を重用する俺の組織作りがあれば、グランドギルドなど今に仕事を失うだろう……。いや、もうすでに以前はグランドギルドでしか処理出来なかった案件のいくつかが、俺のギルドに流れ込んで来ている」

無数に存在するギルドを統括管理するだけじゃなくて、それらのギルドで解決出来ないような難しい依頼を解決するのもグランドギルドの仕事だ。

優れた戦力を持つ『鉄の雲』なら、その真似事はすでに可能ということか……。

「そもそもグランドギルドというのは、貴族の家に生まれたものの、土地も爵位《しゃくい》も得ることが出来ない次男以降や女子たちが、それに代わる利権を得るために生み出した組織。身分の低い者でも能力があれば重用し、腰の重い騎士団よりも迅速に問題を解決することで民衆の支持を得た。そして、王族や貴族でも容易に潰せない、確固たる存在へと成長していったァ……」

どこか遠くを見つめて語り続けていたガルゴが、こちらに視線を戻す。

「それから、グランドギルドの真似事をする組織が増え、噴出した問題を解決するべくグランドギルドはその立場を変えた。ギルドを管理するギルドへとな。とどのつまり、俺が何を言いたいかァ……わかるか？」

「要するに、かつてのグランドギルドと同じことをしたい。既存の組織より優れた組織を作ることで、新たなる利権……あんたの言葉で言えば『称号』を生み出したい。そもそもグランドギルドがそうやって生まれたものだから、自分が同じことをやっても構わんだろう……と」

「ふむふむ……流石にこれくらいは理解する知能があるかァ……。これに関しては満点をやってもいいぞ。戦い方は変わらず０点だがなァ……！」

「夢破れて新たな目標を持つのはいいことだ。既存の体制が気に入らないから、新しい体制を生み出そうというのも悪くないと思う。だが……あんたは考えと行動が矛盾《むじゅん》している」

「何だと……？」

「優れた者を重用して新たな組織を作るというのなら、なぜ遊び半分で有望な冒険者を潰す？　結局あんたは、今の自分の立場を脅かしかねない新しい才能が怖いんだろ？」

俺はグランドギルドの内情を知らない。

キルトさんは間違いなく実力で評価されていると信じているが、それ以外にガルゴの中で許せないこと……腐敗《ふはい》や不正が存在するのかもしれない。

だが、そのすべての主張が蜘蛛狩りでの悪事で無意味になっている。

「フフフ……やはり、お前はつまらん男だ。誰にでも言えることしか、言わんのだからなァ……」

ガルゴは俺を嘲《あざけ》る。

「有望というのは、一部の人間が勝手に言っていること。実際に俺の目で見ればわかる……。大した実力もないのに名声が先行して、未熟なくせに向上心を失っている。そんな成長性のない奴らがのさばるくらいならァ……潰して捨てた方が世のため人のためだ」

「それを決める権利がお前にあるのか……！」

「権利は作った。この俺が切り拓いたアミダ樹林は俺の聖域。ここではァ……俺がルールだ。無能組織のグランドギルドも手出しは出来ない。指をくわえて疑いの目を向けるだけなら、俺の行動を黙認《もくにん》しているのと変わらんよなァ……！」

ガルゴは満面の笑みを浮かべる。

確かに今まではそうして何人もの冒険者が犠牲になってきた……。この聖域に立ち入る手段を用意出来なかったグランドギルドにも、責任の一端はあるのかもしれない。

だが、彼らとて何もしてなかったわけじゃない。

なかなか外へ漏れ出ない情報をかき集め、それを託《たく》した俺たちをここへと送り込んだ。

「さて、そろそろ逃げた女どもを追わなければならないがァ……ユリーカのことだ、遠くへ逃げる前に、この樹林に点在している補給拠点で治療を行っていることだろう。まだ近くにいる……。お前を潰してからでも、十分に追いつくことが出来るなァ……」

「先のことを考える必要はない。あんたの蜘蛛狩りはここで終わりだ」

ゴウガシャグモの脅威はひとまず去った。『鉄の雲』の戦力も残ってはいまい。

シウルさんはユリーカという幹部の女性と一緒に逃げた。

それはつまり、２人の間で何かしらの和解か協力関係が成立したということ。

幹部クラスから悪事の証言が得られれば……蜘蛛狩りの闇は暴ける。

本当に今ここに立っているガルゴさえ行動不能に追い込めれば……！

「フフフ……いつだって高ぶるものだァ……！　能力と言動が釣《つ》り合ってない、調子に乗った雑魚をすり潰す時はァ……！」

ガルゴの体から魔力の発散を感じる……！

「ロック、油断するなよ！　殺してはいけないが、手加減ばかりを考えては勝てない……！」

「クゥ……！」

「半殺しまでは……やむなしだ！」

人としては俺以下だが、冒険者としては圧倒的格上だとわかっている。

それでも勝つ以外の選択肢はない。

「剛力岩徒《ごうりきがんと》・双像《そうぞう》」

ガルゴが２体の黒いゴーレムを生み出す。

さっき対岸から見た、無数に生み出されていた石のゴーレムとはデザインが違う。

鎧や筋肉を模した造形、鬼のような形相《ぎょうそう》、それでいてシルエットはスマートになっている。

「小手調べだァ……行け」

ガルゴの命令で2体のゴーレムが走り出す。動きも人間的で速い……！

「1体ずつだ、ロック！」

「クゥ！」

ゴーレムは俺とロックにそれぞれ突進して来る。

相手は人間じゃないから竜牙剣を鞘から抜いてもいいが……ガルゴがいきなり向かってこないとも限らない。

それに岩石相手なら斬るよりも砕く方が正しい。

「竜破鎚《りゅうはつい》！」

鞘に収めたままの竜牙剣で黒いゴーレムをぶん殴る。オーラもまとわせているから、単純な破壊力なら刃を出している時と差はないはず……！

だがしかし、黒いゴーレムは俺の攻撃を片腕でガードした。

腕にはミシミシとひびが入ったが、大きなダメージは入っていない。

そして、黒いゴーレムは空いている方の腕で殴りかかって来た……！

「くっ、おおっ……！」

寸前《すんぜん》で半身になって岩の拳をかわし、剣を引いて距離を取る。

なんだ……ゴーレムなのに、格闘をそれなりに心得た者の動きだ。

それに体も頑丈で、簡単には破壊することが出来ない。

「クアッ！　クアッ！　クアッ！」

ロックも炎の塊をぶつけているが、黒いゴーレムを破壊出来ていない。

お互いにもっと力を込めた攻撃をしなければ……！

「もっと、剣に魔力を込めて……！」

「クアァァァァァーーーーーーッ!!」

ロックは魔鋼兵の装甲《そうこう》をも破壊する閃光《せんこう》の息吹《いぶき》をゴーレムに浴びせかける。

そして、俺はさっきよりも魔力を込めた竜破鎚をゴーレムにぶつける！

「うおおおおおおーーーーーーーッ!!」

黒いゴーレムは再び腕でガードするが、そこにはすでにひびが入っている。腕を打ち砕き、そのまま胴体ごと真っ二つに破断させることに成功した！

ロックもまた閃光の息吹で黒いゴーレムの胴体を撃ち抜き、撃破に成功している！

これくらいの魔法なら、まだまだなんとか……！

「これくらいは流石に何とかする……か」

ガルゴが巨体に見合わぬスピードで俺との距離を詰めると、そのまま蹴りを腹に食らわして来た……！

「かはっ……！」

すさまじい衝撃と重量感……！　まるでこいつの体も岩石みたいだ……！

数メートルは吹っ飛ばされた後、ロックも同じように蹴飛ばされコロコロと転がって来た。

「ク、クゥ……！」

俺と比べてロックの方はまだ平気そうだ。竜のウロコの硬度は岩石を上回る。

「怒りはァ……持続しない。怒りに任せて放ったであろう俺に対する最初の一撃が、お前にとって最大の攻撃だ。フフフ……だとすると、お前は万が一にも俺に勝てないなァ……！」

「くっ……！」

湖を割った最初の一撃……普段の俺以上の力が出ていたのは事実だ。

あの一撃でガルゴが無傷だったのも……また事実。

「まったく……グランドギルドから抜けて立ち上げたギルドで囲い込んだのがこんな雑兵とはなァ……。やはり、あの女に人を見る目はない……！」

「それはどうかな？」

勝ち筋が見えなくても、戦う心を捨てるにはまだ早い……！

「あんたの主張をすべて鵜《う》呑《の》みにすると、たった一度の挫《ざ》折《せつ》でこんなくだらない気晴らしをしなくちゃならなくなった男をＳ級と認めなかったキルトさんは、ずいぶんと真っ当に仕事をしていたと思わざるを得ないなぁ！」

ガルゴの表情がこわばり、まぶたが痙攣し、額《ひたい》には血管が浮かび上がる。

今までと違って、明らかに俺の言葉が効《き》いている！

なんだ……S級にもキルトさんにも、未練たらたらじゃないか……！

「自分の背中を追う者を愛おしいと思えない奴が……人の上に立とうとするな！」

俺の言葉を聞き、ガルゴが歯をむき出しにする。笑っているのではない……怒っているんだ。

だが、ガルゴが動かない間に、ロックが背後に回り込んだ。

そのこと自体には気づかれているだろうが、単純に前後からの攻撃は有効なはず……！

ロックとアイコンタクトでタイミングを合わせ、ガルゴに攻撃を仕掛ける！

「無間《むけん》……剛力岩徒《ごうりきがんと》……」

ガルゴの足元から無数の黒いゴーレムが湧き出て来る……！

単体でもあれだけ強かった黒いゴーレムを……これだけ一度に生み出せるのか……!?

1体2体なら俺もロックも即座に壊せる……。だが、もはや黒いゴーレムは数を数えられないほどに増殖《ぞうしょく》している……！

「ぐあ……ッ！　が……ッ！」

攻撃も防御も手数が足りず、黒いゴーレムの拳や蹴りが入り始める。

それでも……それでも、あいつだけは……倒さないわけには……いかない……！

「蜘蛛狩りはァ……表向きは魔獣討伐の仕事だ。リアリティを出すために、そろそろ死亡者を出しても良いのかもしれんなァ……」

黒いゴーレムの波の向こうでガルゴの声が聞こえてくる……。

「クアァァァァァーーーーーッ‼」

さらにその向こうでロックの声と爆発音が聞こえてくる……。ロックも戦っているんだ……！

「流石はドラゴンを名乗るだけあってお前よりは強い。俺も男だ……。本物のドラゴンを拝めるのを、それなりに楽しみにしてたんだが……期待外れだったなァ……」

ガルゴの気配が俺から遠ざかっていくのを感じる……！

「これくらいの魔獣……いくらでも倒して来た。期待以上だったらお前を殺して従魔契約を無効化し、俺の従魔にしても良かったがァ……ずいぶんと懐いているなァ……。これは俺のものには出来ん。知能も高そうだから、万が一を考えて……ここで殺す」

黒いゴーレムたちの攻撃を受け止められなくなって来た俺は……叫ぶことも出来ない。

やめろ——という言葉1つが絞り出せない。そんなことは無意味だとわかっていも……。

「真角金剛岩徒《しんかくこんごうがんと》」

黒いゴーレムの倍の高さを持つ、ダイヤモンドの塊のようなゴーレムが現れた。

全身に突起を持つ刺々《とげとげ》しい姿は……嫌な想像を俺にさせる。

くそ……！　今さら竜牙剣を抜いても防御力は上がらない……！

そもそも剣を振る隙間もないくらい、周囲は黒いゴーレムで埋め尽くされている……！

「ロ……ロック……！」

振り絞った俺の声も、黒いゴーレムに引き倒され、地面に這いつくばった今では届かない……。

「やれ」

ガルゴの声だけがやけにハッキリ聞こえて……すべてのゴーレムの動きが止まった。

「くぅ……！　ロック……！」

動きが止まっても重量はそのまま……。抑えつけられて動くことが出来ない……！

それでももがき続けていると、すべてのゴーレムが崩れ始め、やがて塵となって消えた。

残ったのは俺とロック、そして……胴体にぽっかりと穴が空いたガルゴだった。

「な、なんだァ……？　何が起こったんだァ……？」

ガルゴは振り返って俺の背後をにらみつける。

俺はてっきり追い詰められたロックが、殺しもやむなしと思ってガルゴを閃光の息吹で撃ち抜いてしまったんだと思った。

ガルゴの胴体の穴から血が出ないあたり、傷口は焼かれている……。

しかし、ロックを見るとかなりダメージを受けている状態で、とてもじゃないが黒いゴーレムの向こうにいるガルゴを正確に攻撃出来たとは思えない……。

では、一体何がガルゴの体を撃ち抜いたんだ……？

「く……こんなことが……！」

ガルゴは膝から崩れ落ちた。死んだかどうかはわからないが、もう戦えないのはわかる。

しかし、俺はまったく心が休まらなかった……。

何本か骨が折れていて痛いからとか、ガルゴに手も足も出なかったことが悔しいからとかではない。

まだこの樹林にはいるんだ……。ガルゴを瞬殺《しゅんさつ》出来るほどのナニカが……。

そいつは……俺の背後にいる。まだ少し遠いけれど……接近して来る気配がする……。

せわしなく地面を蹴る音が聞こえて来た……。もう……すぐそこにいる……！

「キシャァァァァァァァァーーーーーーッ‼」

立ち上がれないままの俺を跳び越えて目の前に躍《おど》り出て来たのは……クモ！

その大きさは今まで戦って来たゴウガシャグモの比ではない……！

しかも、身体的な特徴も随分違う。濃い灰色の体だったゴウガシャグモと違い、こいつは金色や白色のような明るい色合いだ……。

ただ、鳴き声は聞き慣れたゴウガシャグモのものに近い。

新たなクモはガルゴを脚の先でちょんちょんと突っつき、動かないことを確認する。

そして、その脚の先をガルゴに突き刺した！

同時にガルゴの体がビクビクと痙攣を起こす……。まるで毒でも注入されているように……。

それが済むとクモは……全身を大きく動かして踊り始めた。リズム良く鳴き声も上げている。

まるで歓喜《かんき》の舞《まい》だ。ガルゴを倒せたことを、心の底から喜んでいるような……。

「いや……本当に喜んでいるんだ……」

こいつはゴウガシャグモが進化した姿なんだ。

自分たちが棲むアミダ樹林を踏み荒らされ、人間の通り道にされてしまった。

そのうえ、ガルゴの悪質な気晴らしの道具にされ、今までに何体ものクモが薬物によって狂暴化させられた挙句《あげく》に殺されてきた。

だから、ゴウガシャグモたちは強くなった。ガルゴを倒し、その支配から脱却するために。

これはクモたちの革命なんだ。

新たなクモはガルゴを糸でぐるぐるに巻き、近くの木に吊るした。

さらに俺が来る前から倒れていた『鉄の雲』のメンバーらしき数人にも毒を注入し、ガルゴと同じように糸で巻いて木に吊るしていく。

同じく動けない俺を後回しにしているあたり、『鉄の雲』のメンバーかどうかを判別したうえで優先して狙っているんだな……。

『鉄の雲』のメンバーを全員無力化したところで……クモはこちらを向いた。

彼らからすれば、俺も樹林を荒らす人間だ。見逃してもらえる気はしない。

しかし、ロックはまだ動けるし、クモも判断を保留にしている節がある。

ロックだけでも逃げて、シウルさんたちと合流すれば、無事に樹林から脱出出来る可能性が上がる。そうすれば、近くの街から助けを呼んで、エサとして吊るされているであろう俺を助けられる。

人間を生きたままエサにする生態自体は、進化しても変わっていないようだからな。

無様《ぶざま》な姿を晒すことになるし、障害が残る可能性もあるけど……死にはしないはずだ。

「ロック……逃げろ！」

「……クゥ～！」

ロックは俺の指示を無視し、クモと俺の間に割って入った。

頭のいいロックが、俺が今考えたようなことを理解していないとは思えない……。

それでも俺のために、新たなクモと戦おうというのか……。

「やめろ、ロック……！　こいつには勝てない……！　あのガルゴが瞬殺なんだぞ……！」

「クゥ……！」

ダメだ……譲《ゆず》る気がない……。

確かに俺の考えには希望的観測が含まれている。新たなクモの毒が今までの毒と違ったら、症状を抑える薬が効かず、俺は永遠に目覚めないだろう……。

そのリスクを考えれば、俺だって毒を打ち込まれる前に逃げたい……。

でも、それでロックまで危険に晒されるなら……犠牲になるのは俺だけでいい！

「クー！　クー！」

「……っ！　そうか……そうだよな……」

立場が逆だったら、俺がロックを見捨てて逃げることはないだろう……。

ならば、選ぶべき道は1つしかない……！

「一緒にあいつを倒すぞ……ロック！」

「クゥ！」

立ち上がるべく脚に力を入れると激痛が走る。

あれだけの重量を持つゴーレムに踏みつけられていたんだ。当然骨だって折れているだろう。

むしろ、両腕が無事で剣を振るえることを喜ぶべきだ。

剣を振ってオーラを飛ばせれば、ロックのサポートくらい出来る……！

「うぐっ……うう……うおおおおおーーーーーーッ！」

筋肉で骨を支えて立ち上がる。よし、立ち上がることさえ出来れば……！

シュウウウウウウウウ――。

今までに聞いたことがないような音が、クモから聞こえる。

クモの金色の目が、その輝きをどんどん増している……？

「クウウウウウウーーーーーッ！」

ロックが俺に覆いかぶさるように、クモの目の高さまで飛ぶ。

そして、クモの目から光線が放たれた――。

「グウウウ…………………ッ！」

「ロック……ッ！」

クモの攻撃を読んだロックが俺をかばい、光線を受ける……！

ロックが作ってくれたわずかな時間で、俺は竜牙剣にオーラをまとわせて盾を展開する。

限界まで分厚く……ロックまで守れるように……！

光線から脱したロックは、力なく地面に倒れ込む。

まだ息はある……すぐにポーションを使えば問題ないはず……！

ただ、クモの光線はまだやまない。それどころか、オーラの盾を少しずつ崩していく……！

まだオーラの扱いに慣れなかった頃でも、魔鋼兵の光線は防ぐことが出来たのに……クモの光線はあれよりも威力が高いということか……！

「光魔法……！」

知名度こそあれど、適性を持つ者が極端に少ない希少属性。

あらゆる属性の魔法をある程度使いこなせるキルトさんでも、光魔法は初歩の初歩——手のひらサイズの光の塊を飛ばす程度のことしか出来ない。

だが、このクモは魔鋼兵を上回る光線を放てる！

ガルゴの強固な地属性魔法を貫くのには、光が最も適していたんだ……！

「うぐぐ……ッ！　あ……」

光線の勢いに押し負け、俺の手から竜牙剣が抜ける……。

折れていなくても、腕の力が弱まるくらいの攻撃は受けていたんだ……。

手から離れた竜牙剣は、光の勢いで遥か後方へ吹き飛ぶ。

その後、すぐに光線が止まったから、俺の体までは貫かれなかった。

だが……この状況では腕1本、脚1本、内臓や骨のいくつかよりも大切だった武器が失われた。

竜牙剣がなければ、俺はオーラを使えない。まともに戦えない……。

「ああ……」

体の力が抜け、何とか我慢していた脚の痛みに負けて膝をつく。

ロックの紅色のウロコも焼け焦げて、もう攻撃を防ぐことは出来ない。

ドラゴンを倒すために作られた魔鋼兵よりも威力が高い光線なんだ。直撃を受けたらこうなることは、いち早く攻撃を察知したロックならわかっていたのかもしれない。

それでも……俺をかばってくれたんだ。もうほとんど戦う力が残っていなかった俺を……！

「俺に任せろ……ロック……！」

再び脚に力を入れて立ち上がる。

竜牙剣がなくても体が動くなら、ロックを逃がすくらいの時間は稼げる。

流石にロックも、この状況なら逃げることを選択してくれるはずだ……！

「ク、クゥ……！」

ロックが俺の隣にやって来た。逃げる気は……なさそうだ。

そうだよな……ウロコがなくても炎が吐ける。まだまだロックの方が戦える。

俺が弱いから……ロックは逃げ出すことも出来ない……！

剣が……剣があれば……俺は戦える……。まだ魔力も気力も尽きてはいない……！

「ロック、剣を……！」

「クゥ……！」

ロックが飛ばされた竜牙剣を取りに走る。

いつも無意識に抑え込んでいるあの剣本来の力を、後先考えずに引き出せば……！

「キシャシャシャシャ……ッ！」

クモが毒針の役割も果たす脚を振り上げ、俺に狙いを定める。

冷静に考えれば、こんなにあからさまな隙をクモが見逃すわけがない。

だが、この時の俺は冷静からは程遠かった。

それこそ、まだ受け取っていない剣が手の中にあると勘違いしたほどに……。

「うらあ……ッ！」

振り下ろされたクモの脚に向けて、無我夢中で手の中の何かを振るう。

それは見えざる斬撃を飛ばし、クモの脚を根元から斬り落とした！

「俺はまだ……戦える！」

困惑しているクモに攻勢を仕掛ける。

周囲を駆け回って残った脚の半分を斬り落とし、動けない状態に追い込む。

そして、急所である頭を斬り落とそうとして……！

「キシャアアアアアアッ！」

その時、斬ったクモの脚の断面からズルッと新たな脚が生えて来た。

流石は新種……湖の底から出て来た個体が持つ能力も標準搭載《ひょうじゅんとうさい》かよ……！

「チィ……！」

クモは脚を素早く動かして俺から距離を取る。

見た感じ、あの光線は連続して撃てない模様……。接近戦を続ければ、勝機はある！

「クゥッ!?　クー！　クー！」

「ロック、剣をありがとう……あれ？」

ロックは驚いた顔で口に咥《くわ》えた剣を地面に落とした。

えっ……竜牙剣はまだロックが持っている……？

「じゃあ、俺は何を……？」

俺の右手には……真紅の剣が握られていた。

薄く鋭い紅色の刃に、鍔《つば》すらないシンプルな柄。すさまじい斬れ味だったにもかかわらず、その重量はほとんど感じない。

「な、なんだ……この剣……」

「クゥ！　クゥ！」

ロックがしっぽで俺の脚をぺちぺちと叩く。

「あっ、脚もあんまり痛くないぞ……!?」

気合で治った……なんてことはあり得ない！　この現象には絶対に理由があるはず……。

「俺に何が起こっているんだ……？」

俺たちが困惑している間に、クモは光線の狙いをつけていた。

再び金色の目が輝き、シュウウウ――という奇妙な音が聞こえて……。

「ロック、俺に任せろ」

「クゥ!?」

ロックがまた驚いた顔をする。

俺も湧いてくる自信の根拠はよくわからない。

でも……今の俺にはもう、あのクモを倒せる力がある気がするんだ。

「竜魔法《ドラゴスペル》――竜盾《シールド》」

俺の左手に全身を隠せるほど大きな紅色の盾が現れる。

それを地面に固定して、押し寄せる光線を受け止める。

いや、受け止めるというよりは受け流す。盾の表面を光が滑り、俺たちの後ろへと流れていく。

今は背後に誰もいないから、光線を防ぐだけならわざわざ魔力を消費して打ち消すまでもなく、流してしまえばそれで済む。

「これが俺の魔法……竜魔法《ドラゴスペル》」

竜魔法《ドラゴスペル》──それは頭の中に自然と浮かんで来た言葉。

魔法の適性を持つ人が、ある時に自分が得意とする属性を自覚するように、俺の魔法はこれなんだと自然と理解出来た。右手の剣も竜魔法《ドラゴスペル》によって生み出されたものなんだ。

これは俺が生まれ持った属性じゃない。竜牙剣、竜の防具、そして、ロック……。

ドラゴンと身近に接していたことで、何の属性の適性も持たなかった俺の魔力……いわば、無の魔力が竜の色に染まったんだ。

竜魔法《ドラゴスペル》で出来ることは、今までのオーラをより繊細に制御出来ると考えるとわかりやすい。

俺の魔力が、竜の力を持つ剣を通して変換されたのが紅色のオーラなら、竜の魔力に染まった俺の魔法のベースもまた同じオーラになる。

そして、今までのように攻撃や防御だけにしか使えないものかと言えば……それは違うようだ。

「ロック、俺の右手の下に来てくれ」

「クゥ！」

「竜魔法《ドラゴスペル》──竜血《ブラッド》」

紅色の剣をオーラに戻し、さらなるオーラを右手に集める。

そうして紅色から血のような赤黒い色になるまで魔力を圧縮して、その一滴をロックに垂らす。

すると、ロックの焼け焦げたウロコがみるみる鮮やかさを取り戻し、他の傷も塞がっていく。

「クー！　クー！」

「助けてくれてありがとうな、ロック」

おそらく、他の属性が出来ることを竜魔法《ドラゴスペル》は大体出来る。

出来ないとすれば、それは俺が純粋に魔法使いとして未熟だからだ。

今まで竜牙剣と合わせてオーラを使い、攻撃ばかりを考えてきたためか、回復効果のあるオーラをわずかに生み出すのにも時間がかかる。

その代わり、武器を生み出すのはかなりスムーズに出来るというわけだ。

「ロック、あいつを倒すぞ」

「クゥ！」

ロックは嬉しそうにうなずく。

ガルゴや『鉄の雲』のメンバーには、すでに毒が回り始めている。

さっさと助けてやらないと、容疑者の証言を引き出せなくなっちゃうからな！

「瞬殺だ！　竜魔法《ドラゴスペル》――竜戦斧《ハルバード》！」

長い槍の先端に斧《おの》がついたような武器をオーラで構築する。

本来は重量が重く扱いにくい武器だが、オーラで作られたこれは羽根のように軽い！

それでいて、斬れ味は……！

「ふんっ……！」

光線が止まったタイミングで竜盾《シールド》を解除し、両手で持った竜戦斧《ハルバード》を横に振るう。

すると、見えざる魔力の斬撃が飛び、クモの脚を8本すべて斬り落とした。

「クゥ！　クゥ！　クァァァァーーーッ!!」

クモとの距離を一気に詰めたロックが、斬られた脚の断面に炎を吹きかける。

焼いてしまえば、そう簡単に治すことは出来まい。

数秒……数秒動けなくすれば、それでいいんだ。

このクモもガルゴという敵を倒すために生まれて来た。

そして、種の存続と尊厳を懸《か》けた戦いに……彼らは勝った。

だが、この戦いは……！

「クー！　クー！　クー！」

オーラで体を強化し、俺は高く跳び上がる。

そして、竜戦斧《ハルバード》の先端を落下の勢いのまま、クモの頭部に突き刺した。

「俺たちの勝ちだ」

突き刺した竜戦斧《ハルバード》の先端からオーラを放出する。

頭の内部を破壊されたクモの目から輝きが完全に失われた。

「強い……強かった……！」

体が震え、オーラの武器も形を失う。

ロックと共にエサになる未来が……すぐそこにあった。

だが、俺たちは勝った……！

「クゥゥゥウウウ〜ッ！」

ロックが俺の胸に飛び込んで来る。頭を擦りつけて、嬉しさを全身で表現している。

「ああ、ありがとうロック……。俺は……ロックと並んでも恥ずかしくない男になるよ」

「クゥ！　ククゥ！」

「あはは！　ロックはもう認めてくれるのかい？」

「クー！」

一件落着……とは、まだいかない。

でも、少しの間はこの喜びに酔《よ》いしれてもいいだろう。

第6章　雲は流れて雨が降る

新たなるクモを倒した後、俺たちはまず木に吊るされているガルゴたちを救出した。

糸に毒が染み込んでいるとマズいので、オーラで糸を切断し、落ちて来たガルゴたちはオーラで受け止めて地面に降ろす。

体に巻き付いている糸もオーラをまとった手で引き剥《は》がしていく。

だが、万能に近いオーラの力を使っても、どうしようもならないことがあった。

「……ダメだ。外傷は竜血《ブラッド》で治せたけど、解毒までは出来ない」

一見健康そうに見えるガルゴたちの体だが、呼吸と脈は乱れ、顔色も悪い。

当然、意識を取り戻す気配もない……。

「これぱっかりは解毒薬を探すしかなさそうなんだけど……ガルゴは手ぶらだし、他のメンバーの荷物の中身は……」

『鉄の雲』のメンバーの荷物には、注射器や謎の小瓶が含まれていた。

ただ、小瓶には何のラベルも貼られていなくて……。一見薬に見えるものでも、流石に効果がわからないと人の体に打つのは躊躇われる。

「そういえば、ガルゴはこの樹林の中に補給拠点があると言っていたな。それを見つけることが出来れば、解毒薬も置いてそうなものだが……」

その補給拠点の場所がわからない。ここまで樹林の中を進んで来て、そういう場所を見つけられなかったのだから、巧妙に隠してあるのだろう。

「流石にこれ以上の新種は出て来ないと信じて、俺たちだけで樹林を脱出してから、助けを呼んで来るしかなさそうだな。俺が気絶させたメンバーも湖の向こうにいるし、運び出すには人手が必要だ」

「クー！　クゥクゥクゥ！」

ロックが少し複雑なことを伝えようとしている……。

すぐには理解出来なかったが、ロックの今までの行動を振り返ると、思い当たる節があった。

「そういえば、『暁の風』のメンバーたちは……」

「クゥー！」

「なるほど！　ロックが樹林の外まで送り届けたわけだ。ならば、彼らがきっとトーザの街に向かって助けを呼んでくれているはずだ」

ならば、ガルゴ曰くまだ遠くに行ってないらしいユリーカさんを見つけよう。

ギルドの幹部である彼女なら、補給拠点の位置も知っているはずだ。

「ロック、ユリーカさんの匂い……は覚えてないか。一緒にいるシウルさんの匂いは追えるか？」

「……クゥ！」

ロックは少し考えた後うなずいた。

この樹林は木や花の匂いが強いからな。慣れた匂いでも追うには集中を要する。

「じゃあ、急ごう」

「ワンッ！」

「……ワン？」

その鳴き声の主は、樹林の中から現れたもふもふの毛を持つ白い犬だった。

ロックより一回り大きい中型犬で、笑っているような愛くるしい顔が特徴的だ。

でも、野生の犬とは思えない毛並みだし、誰かの飼い犬がこんなところに……？

「あっ、いたぞ～！　特徴的に彼がユート・ドライグくんだっ！」

さらに樹林の中からぞろぞろと数名の人間が現れる。彼らは全員同じ制服を着用していた。

「その制服は……憲兵団ですか!?」

「いかにも！　私はマックス・マクスウェルと申します。このアミダ樹林から一番近い街にして、ドライスト領最大の街トーザにある憲兵団支部を預かる者です」

「おおっ！　支部長さんがこんな現場にまで……！」

マックス支部長は30代後半くらいに見える男性で、キッチリと切り揃えられた口髭《くちひげ》と着こまれた制服が印象的だ。帽子も深く被り、いかにも真面目そうな雰囲気だ。

憲兵団の何名かは、ガルゴたちの治療を始めた。きっと医療班《いりょうはん》なのだろう。

「ギルド『暁の風』に所属する冒険者3名の通報を受けて参りました」

「やっぱり、シェイたちが……！」

「彼らはとても疲れていたので、トーザの街の支部で休んでもらっております。代わりにこのマックスが……あのガルゴ・グンダムの悪事を暴きに来たのです……！」

おお……意外とガルゴの捜査に乗り気だ……！

ドライスト領の領主の信頼を得ているのだから、憲兵団も同じような状態か、そうじゃなくても買収などの裏工作で無力化されている可能性も考えていた。

だが、目の前のマックス支部長のやる気は本物だ。燃えるオーラが見えて来そうなほどに……！

「あっ、ちなみにこの子はマクロです。魔獣との混血犬ですが、とても頭が良くて穏やかな子なんですよ～。今回もユートくんの捜索《そうさく》を手伝ってくれました」

そう言ってマックス支部長はもふもふの白い犬、マクロを撫でまわす。

マクロは得意げな表情で舌を出している。

「ワンッ！」

「クー！」

マクロとロックは何か通じるものがあるのか、鳴き声と体の動きでやり取りをする。

ここからの話はロックにとって面白いものでもないだろうし、マクロと一緒に遊んでいる方が良さそうだな。

「それで、ガルゴのことなんですが……」

俺が話を戻すと、マックス支部長はハッとしてガルゴについて語り出した。

「トーザの街ではガルゴは英雄です。民衆も彼のことを尊敬しています。それこそ……ちゃんと仕事をしているはずの憲兵団が悪く言われるほどに……！」

あー、わかった。マックス支部長の捜査への熱意は……私怨《しえん》だ。

「あいつのギルドのメンバーは血の気が多くて、トラブルも多いんですよ！　それを毎回解決しているのは私たちなのに、なぜか民衆からは仕事をしてない集団扱いです！　も〜、やってられませんよね!?　ガルゴの評判を下げるネタを探しても……仕方ないですよねっ!?」

「あっ、はい……仕方ないと思います……」

動機は不純と言えば不純だけど……信頼は出来る。捜査に本気であることは間違いない。

「『暁の風』３人が支部の詰所《つめしょ》に駆け込んできた時は、正直イタズラかと疑いましたよ。いくらあの暴力が人の形をして歩いているようなガルゴでも、そんな直接的な悪事はしていないと思っていましたから。こんなチャンス、あっ……そんな所業は見過ごせないと思い、私自《みずか》ら出て来たわけです」

「は、はい……」

「彼らが今日行われている蜘蛛狩りの参加者だと思われることが、彼らの証言を信じた決め手の1つでした。参加者が樹林を出て街まで逃げて来ているのが事実だとすれば、我々が動かないわけにはいかない。そうして来てみると、なんとギルドの幹部と遭遇して、彼女が悪事のすべてを証言してくれるというじゃないですか！」

「ユリーカさんと会ったんですね。彼女も含めて女性3人だったと思うんですけど……」

「ええ、皆さん無事で、樹林の外に待機させている別動隊の治療を受けています」

「良かった……！」

新種のクモが1匹とは限らないから心配だったけど、樹林の外に出ているならもう大丈夫だ。

「幹部の女性のおかげで証言と物的証拠《ぶってきしょうこ》——ゴウガシャグモから抽出した毒を人に注入するための注射器なども押収しています。他にもメンバーが残したメモや計画書もあるそうです」

幹部のユリーカさんが捜査に協力的なら、もう問題はないだろう。

あれだけの人数がいるギルドが悪事を働いていたんだ。ガルゴ本人が上手く証拠を消していても、末端のメンバーまで徹底出来るとは思えない。

ギルドベースにまで捜査の手が及べば、さらなる証拠にも期待出来る！

「ただ……私としてはもっと証拠が欲しいのです。そう、浴びるほどの証拠がね……」

マックス支部長は口髭を撫でながら、「う～ん」とわかりやすく悩んでいる。

「今ある証拠ではガルゴの悪事を証明出来ませんか……？」

「いえ、出来ると思います。ですが、証明の失敗は許されないのです。ガルゴの背後にはドライスト伯爵がいる……。伯爵は貴族の中では比較的温厚かつ常識的な人物です。だから、平民のガルゴも実績で評価し、とても気に入っておられる」

「なら、十分な証拠があれば理解を示してくれるように思えますが……」

「ええ、そうだと思います。問題は万が一にでも悪事を証明出来ず、無罪放免《むざいほうめん》になってしまった時……。ドライスト伯爵はそれ以降、憲兵団の言葉を信じなくなり、我々は民衆からの支持もさらに失ってしまう……。そうなれば、もうガルゴを止めることは出来ません」

ドライスト伯爵にとってガルゴは領地を発展させてくれた恩人《おんじん》……。

そんな恩人にあらぬ罪を着せたとなれば、確かに憲兵団の立場は危うくなる。

マックス支部長はそんな万が一を起こさないように、さらなる証拠を欲しているんだ。

でも、俺から出せる証拠はない……。ガルゴの歪んだ思想と夢はたくさん聞かされたが、それを証言出来ても証明は出来ない。

俺とマックス支部長の間に、気まずい空気が流れる……。

「あの、ユート・ドライグさん……ちょっとよろしいですか？」

「ええ、何でしょうか？」

話しかけて来たのは、憲兵団の医療班の人だった。

目を覚まさないガルゴたちに解毒剤を打ち、様子を見守っていたのを俺も見ていた。

「あっちの『鉄の雲』の人たちに毒が打ち込まれたのは、何分くらい前でしょうか？」

そうか、クモの毒は、体内に入ってから解毒薬を打たれるまでの時間で症状が変わるんだったな。

ならば、打たれた時間を把握するのは最優先事項だ。

「えっと、ほんの20分前くらいだった気がします。ガルゴたちが毒を打たれて木に吊るされて……

それからクモを倒して、木から下ろして魔法で怪我だけは治療して……今って感じです」

「ありがとうございます。クモって……あのバカでかいクモですよね……？」

医療班の人はさっき倒したばかりのクモを指で示す。

「はい、そうです」

脚と頭しか攻撃していないから、かなり綺麗な状態で残っている。

その生態を解き明かす、研究材料として使えるかもしれないな。

「お強いんですね……。あんなのを倒しちゃうなんて……」

「あー、まあ、その場で強くなったというか……ギリギリでしたけどね」

冷静になった今あのクモを見ると……デカ過ぎて勝てる気がしないな。

これからのアミダ樹林は、このレベルのクモがどんどん生まれてくるのだろうか……？

またどこかでマザータイプとなる個体が現れ、クモを産み増やす。

戦いは避けられなくても、これからは必要最低限の狩りにしていけば、行き過ぎた進化を抑制《よくせい》出来るかもしれない。

必要以上にクモを痛めつけた結果、驚異的な進化を遂げたのだろう。

「私の手元に幹部の女性から預かった、ゴウガシャグモの毒の効果に関する資料があるのですが……それと彼らの症状を照らし合わせた感じ、あのクモの毒はこれまでのゴウガシャグモの毒と大差ないように思えますね。肌の変色や脈拍《みゃくはく》、呼吸に至るまで既存のデータ通りでした」

ガルゴを倒すために必要なのは強力な毒より光魔法だった。

だから、毒に関してはあの新たなクモも効果が変わらない……ということか。

「これなら後遺症はまったく残らないと思います。それでも今日1日か、それ以上記憶が飛びますから、いやはやゴウガシャグモという魔獣は恐ろしいですね……」

医療班の人は、ユリーカさんから預かった資料を興味深そうにペラペラめくっている。

今までたくさんの冒険者を再起不能に追い込んで来たガルゴが、後遺症もなしに目を覚ますと考えると、思うところがないわけじゃないが……逆に意識がなければ罪を償《つぐな》うことも出来ない。

それに悪事を暴いた後は、彼自身の口から言葉を聞かないといけないからな。

あっ、でも今日の件に関しては記憶が飛んじゃってるから……今までいいように使って来たクモに敗北してエサにされた事実は忘れちゃってるのか。

「ん……？　あの、今日の記憶が飛ぶってことは、ガルゴは蜘蛛狩りを始める前だと思って目を覚ますわけですよね……？」

「はい。彼の中では目覚めた時は蜘蛛狩り当日の朝です。これからユートさんを潰すために頑張るぞー的な決起集会をやった後に現場に向かう……ってのは言い過ぎですかね？」

「いや……きっとガルゴ・グンダムという男はそんな感じなんだと思います」

思いついてしまった……！　今あるどんな証拠よりも強力な証拠を得る方法……！

だが、これはあまりにも非現実的過ぎる。理論上は可能だけど、実際にやれば些細なきっかけで失敗しかねない作戦だ。

でも、この作戦が失敗したところでリスクはない……はずだ。

ダメだったらダメだったで、他の証拠で詰めていく流れに切り替えられる。

しかしながら……こんな作戦が上手くいったら、それこそ天罰《てんばつ》を信じてしまうぞ……！

「ユートくん……！」

マズイ……！　言うか言うまいか迷っている間に、マックス支部長に顔を見られた。

俺は考えが表情に出やすいって言われているから、もう気づかれているかもしれない……。

「新しい証拠を得るいい方法を思いついた顔をしていますね？」

「ど、どんな顔ですか、それは……？」

「上手くいった時のことを想像して笑いそうになるのを、失敗した時のことを考えて抑えている……そんな表情ですよ……！」

思ったよりも表情に出ていたらしい！

これはもう話すだけ話して、判断を仰ぐしかないな……。

「聞いても……笑わないでくださいよ」

「名案だったら嬉しくて笑ってしまいますな！」

俺はマックス支部長にだけ聞こえるように、彼の耳元でボソボソとつぶやいた。

「……ハハハ！　それはまったく夢物語のような方法だなぁ、ユートくん！」

「そ、そうでしょう……？」

「だが、やりましょう！　失敗した時のリスクがほとんどないうえに、成功した暁にはドライスト伯爵も即座にガルゴを切り捨てるであろう最強の証拠が手に入るのですから！」

マックス支部長は朗《ほが》らかな笑みを浮かべている。

「このチャンス……逃しはしない！　みんな、集合だ！　ユートくんの話を全員で聞くぞ！」

周囲にいる憲兵団の人たちがサッと俺の前に並ぶ。

……え、もう1回俺の口から説明するの？

「あの、笑わないでくださいね……」

もうここまで来たら、トドメまで刺してやるか……ガルゴ・グンダム。

◇　◇　◇

ある日、まだ日も昇らない早朝――。

　ガルゴ・グンダムはドライスト領トーザの街にある『鉄の雲』のギルドベース、黒雲館で目を覚ました。

　まだ早朝だというのに、館の中にはメンバーたちの賑やかな声が響いている。

　ガルゴはこの騒がしさが嫌いではなかった。無音よりも、遠くで人が働いている音の中で眠り、目覚めた方が体の調子がいい気がしていた。

　いつもなら二度寝を決め込むところだが、今日は『鉄の雲』にとっても、ガルゴにとっても特別な任務……蜘蛛狩りがある日だ。

　今回の標的は1人、C級冒険者ユート・ドライグ——またの名を竜騎士。その他は数合わせだ。

　ここ数か月で頭角を現し、みるみるうちに評価を積み重ねてC級に至る。

　さらに初参加の『クライム・オブ・ヒーメル』で優勝し、天陽勲章まで手に入れていた。

　ドラゴンを従魔として従え、どこから手に入れたのか特殊な力を持つ剣を振るう……。

　生意気——ガルゴの頭の中は、ユートのことを考えるたびにこの言葉でいっぱいになった。

　C級程度で異名を持っているのは生意気。初参加で『クライム・オブ・ヒーメル』優勝など苦労を知らないから生意気。ドラゴンと運良く出会って従えているのも生意気。誰かに貰ったであろう剣の力に頼って戦うのは生意気……。

　ガルゴがユートと現在の女王であるリィナの関係を知っていたら、さらなる苛立《いらだ》ちを覚えていたであろうことは想像に難くない。

ガルゴはとにかく順風満帆《じゅんぷうまんぱん》な生活を送る若者を生意気だと思っていた。

彼の人生がそれなりに苦労に満ちたものであったことも、その考えに拍車《はくしゃ》をかけている。

頑張ればきっと上手くいく、美しく輝く明日がある——そんな薄っぺらい言葉を信じていそうな若者たちを、確かな才能と未来がある若者たちを、理不尽に潰す快感と背徳感は幼い頃に虫を踏み潰し、巣に水を流し込んだ時の感覚に似ている。

いけないこと……とは心のどこかで思っている。

だが、好奇心にも似た感情が、別に虫程度殺しても問題ないという彼の中の常識が、自分より弱いものを潰してしまいたいという感情を後押しする。

そして、本当の意味で彼の背中を押したのはS級冒険者キルト・キルシュトルテだと……本人は信じていた。

自分が変わってしまった原因は他者にあるという思考は、ガルゴの行動をエスカレートさせ、今ではもう人を壊すことに背徳感すら覚えなくなっていた。

その代わりに覚えるのは……安心感。A級上位から前に進めない自分を追って来る人間を潰すことで、相対的に人よりも前に居続けられる感覚があった。

そして、今日……久しぶりに自分を本当に脅かしかねない存在と相対する。

ユート・ドライグ——この男の評判は本物だ。しかも、連れているのがドラゴンの子どもというのも、どうやら本当らしい。

何より、あのキルト・キルシュトルテがグランドギルドを離れて設立したギルドに、最初に所属した冒険者でもあるらしい。

これは最早、自分に潰されることが運命づけられていると思わざるを得なかった。

ユートを潰すことで、自分は前に進めるのではないか……そんな感覚すらあった。

「いくかァ……！」

ガルゴはベッドから起き上がり、最低限の身だしなみを整えて会議室に向かった。

ゴウガシャグモは夜行性ではなく、日中に活動する。

なので、早朝の内に蜘蛛狩りの打ち合わせを行い、参加するメンバーはアミダ樹林へ出発する。

ガルゴは打ち合わせには参加し、その時その時の蜘蛛狩りの趣旨《しゅし》を自らの口で語る。

そして、打ち合わせ後に二度寝するか他の用事を済ませるかし、アミダ樹林に向かう。

「フフフ……集まっているな……」

ガルゴが会議室に入った時には、打ち合わせ参加者が全員揃っていた。

その中には、今回の蜘蛛狩り参加者である幹部ユリーカ・ルドベキアの姿もあった。

メンバーの能力の査定も蜘蛛狩りの目的の1つだ。

そのため、打ち合わせはガルゴ以外全員こわばった表情をしていることが多い。

だが、今日に限ってはユリーカの表情が非常に良かった。

幹部として少しは成長したか——とガルゴは評価した。

「では、今回の蜘蛛狩りについて語る……！」

ガルゴは語る――ゲストパーティを動かすルート、メンバーの担当箇所、ここ最近のゴウガシャグモの傾向、天候、時間配分、ゴウガシャグモを狂暴化させる薬の分量、クモに毒を注入させてから解毒薬を打つまでの間に標的をどう処理するのか……。

「ユート・ドライグは完全に再起不能にする。それ以外はァ……まあ、どうでもいい。その時その時で判断してみろ」

ゴウガシャグモの毒が回る時間と症状の進行の関係性は、今までの犠牲者から集めたデータでほぼ完全に判明している。

身長と体重、それと毒の注入から解毒までの時間、それで症状を完全にコントロール出来る。

ガルゴは毒の研究を自らの手で行っていた。最近はより効果の高い解毒薬の研究に手を出し、それなりの結果を収めつつある。

ただし、その解毒薬を、今も後遺症に苦しむ犠牲者たちのために使おうなどとは思っていない。

より正確に潰す相手の症状をコントロールすることを望んでいた。

「では、蜘蛛狩りについての会議を終える。俺は寝る、お前たちは働け」

いつもなら、このガルゴの言葉の後に、メンバーから大きな声で「はい！」と返って来る。

しかし、今日の会議室はしんと静まり返っていた。

「おい……どうしたんだ？」

流石のガルゴも返事がない怒りより、困惑が強かった。

ガルゴの疑問に答えたのは……スッと立ち上がったユリーカだ。

「あなたも私も……これで終わりね」

「何……ッ⁉」

状況は呑み込めないが、ガルゴは本能的に察した。バレてはいけないものがバレた……と。

「動くな！　憲兵団だ！」

扉をぶち開け、会議室になだれ込んで来た憲兵団員がガルゴたちを取り囲む。

「ガルゴ・グンダムだけではない。この場にいるメンバー全員を拘束《こうそく》する」

陣頭指揮を執るのはトーザの街の憲兵団をまとめるマックス・マクスウェルだ。

取り囲まれたガルゴ以外のメンバーは、みな神妙《しんみょう》な面持《おもも》ちをしている。

「お前らァ……！　全員グルかァ⁉　俺を売りやがったんだなァ⁉」

そこまではガルゴにも理解出来た。しかし、このタイミングで密告された理由がわからない。

この場にいるメンバー全員の意思が揃ったうえで、ガルゴにバレないように憲兵団まで用意するのは至難《しなん》の業《わざ》であるはず……。

「売ったわけじゃない……。あなたは負けたのよ」

ユリーカの言葉に言い返そうにも、言っている意味がわからない。

蜘蛛狩りは……戦いは……まだ始まっていないはずなのだ。

「信じられないと思うが……落ち着いて聞け、ガルゴ・グンダム」

今度はマックス支部長がガルゴに呼びかける。

「お前が今日行われると思っている蜘蛛狩りは……すでに終わっている」

「な、なんだと……ッ⁉　どういう意味だァ……⁉」

「そのままの意味だ。蜘蛛狩りが行われたのは数日前。お前は新種のゴウガシャグモに敗れて毒を注入された！　そして、蜘蛛狩り当日の記憶を失ったんだ！」

「なっ……⁉　あ、あァ……⁉　そんな……ことがァ……⁉」

確かにそれならユリーカの言葉も理解出来る……が、そんなことを認められるわけがなかった。

「俺が虫けらに……クモごときに負けるはずがない！　体に傷もなければァ……毒の後遺症もない……！　デタラメを言って、俺を騙《だま》そうなんざァ……！　そもそも、俺を倒せるクモを誰が倒したっていうんだァ……！　ああァッ⁉」

「クモはユートくんとロックくんが倒した。傷がないのはユートくんが魔法で治してくれたからだ。後遺症がないのはユリーカさんがすぐに解毒薬の場所を教え、私たちに託してくれたからだ」

マックス支部長は冷静かつ淡々《たんたん》と事実だけを述べる。

その事実こそがガルゴには到底信じられない内容だった。

ガルゴの混乱は加速し、その思考は支離滅裂《しりめつれつ》になる。

「お前は負けたんだ。支配からの脱却を目指すゴウガシャグモの意志に……。お互いのために戦ったユートくんとロックくんの信頼と覚悟に……！」

「ガルゴ様……なぜこんなことを……！」

膝をついて泣き崩れているのは、ドライスト伯爵が送って来た従者だ。

ドライスト家に仕えて長く、伯爵と共にガルゴと接する機会も多かった人物。

彼の語る内容ならば、ドライスト伯爵は素直に信じる……それほどの存在だ。

「あなた様の切り拓いたガルゴ大林道は、誰にも真似出来ない偉業だった……！　積み重ねて来た功績《こうせき》も名声も、人々からの信頼も本物だったのに……なぜ……！」

「アアアアアアアァァァァァァァァァァァァァァァァァァァアアアアアアアアアア」

ガルゴは正気を失った。岩石魔法が暴発し、会議室の中に岩が飛び交う。

この事態を予測していた会議室の面々は、それぞれ自分の魔法で身を守る。

そして、余裕のある者はガルゴに攻撃を加え、窓際へと追い込んでいく。

「ア……アァァ……アアッ！　アアアアアァァァァァァァーーーーーーッ!!」

「最後までみっともない……！」

ユリーカは防御を捨て、両手をガルゴに突きつける。

「北十字雷鳥《ノーザン・クロス》！」

十字に伸びる金色の雷が、ガルゴの胸を打つ。

その勢いで2メートルの巨体が窓を突き破り、トーザの街の大通りへと転がり出る。

「ア……アアァ……うぐっ……！　あいつら……好き勝手やりやがって……！」

電気のショックでわずかに冷静さを取り戻したガルゴは、とりあえずギルドベースから離れる。

トーザの街の大通りを走り、今までのこと、これからのことを考える……。

今までの悪事が暴かれれば、こんなことが起こる……わかっていたことだ。

名声も信頼もすべて失い、犯罪者として追われ、捕まれば牢獄《ろうごく》送り、最悪死刑だと知っていた。

それがわからないほど、ガルゴは正気を失ってはいなかった。

しかし……正気ではあるものの、最早人間性はまともではなかった。

「なんだァ……全部想定内じゃないかァ……！」

ガルゴはスーッと頭の中の混乱が収まっていくのを感じた。

何も難しいことはない、誰でも想像出来る範疇《はんちゅう》のことが、自分の身に起こっているだけだ。

すべて失ったのなら、何をやっても問題はない。

今までのように、こそこそと人間を壊す必要はない。犯罪者として大々的に悪事が出来る。

開き直ったガルゴは、何だか清々《すがすが》しい気持ちになった。人生で一番、体が軽い……！

「手始めに……殺してみるかァ……？」

今までは殺さずに毒で再起不能に追い込んでいたが、もうその最後の一線も気にする必要はない。

失うものはないから、この太い腕でぶん殴って殺しても変わらない。

再び気持ちがハイになって来たガルゴは一度立ち止まる。

自分は強い……。何なら、ギルドベースに戻って忌々《いまいま》しい裏切り者と憲兵団を皆殺しにしてもいい。あの中に自分に勝てる奴はいないのだから――。

「フフフ……あァ？」

ガルゴは気づいた。トーザの街の大通りに誰もいないことに。

早朝とはいえ、もう日が昇り始めている……。

本来であればこの街の住人たちが、大通りを賑わせている時間のはずだ。

「何だ……今度は何だァ!?」

左右を見渡しても、すべての建物の窓と扉が固く閉ざされている。

後ろを振り返ると、そこには青く長い髪を持つ長身の女性が立っていた。

「久しぶり、ガルゴ・グンダム」

「あ……キルト・キルシュトルテ……」

ガルゴの記憶の中のキルトより、大人びた女性になっていた。

だが、面影《おもかげ》は嫌というほど残っている。しかも、今日のキルトはグランドギルド執行部時代に着ていた、黒のジャケットを普段の服の上から羽織《はお》っている。

ここにいるキルトは『キルトのギルド』のギルドマスターではなく、執行部のキルトであるという無言の意思表示であった。

「フ……フフフ……いつの間にか老《ふ》けたなァ……！　ババア一歩手前じゃないかァ……！　あの時

より、さらに衰《おとろ》えているんじゃないかァ……!?」

ヘラヘラとした表情でキルトを煽るガルゴ。

しかし、キルトは怒りとも微笑みとも取れる表情を崩さない。

「その差がわからないなら、衰えたのはそっちだよ」

「フン……ッ！　お前があの時、俺を陥《おとしい》れていなかったらァ……俺は新人潰しなんて思いつきもしなかっただろうなァ……！　そこのとこ、責任は感じてるのかァ……!?　ちゃんと俺を評価して……S級にしていればァ……」

「私はあなたを評価していた」

「……え？」

「視界が狭くて、強さしか信じてなくて、とにかく前へ進もうとするところが、私に似ていると思ったから……S級でもいいんじゃないのってグランドマスターに伝えたんだ」

「あ……なら……なぜ、俺は……」

「だって、私の任務は別にS級にするための審査じゃなかったんだもの。私は感想を聞かれたから、グランドマスターに伝えただけ」

「う、嘘だ……！　だって、お前はそもそも逃げ出して……」

「あなたが標的と戦うのに必死で置いてけぼりにしてた部下を助けてあげてたんだよ。まあ、当時は私も彼らを足手まといと思ってて、結構暴言吐いちゃってたのは……反省だけどね」

「え、ええ……？　あァ……？」

「よく頑張って特A級を1人で倒したと思う。でも、周りが見えてなさ過ぎたね。倒した後、どうやって帰ったのか……思い出せないでしょ？　戦闘が終わって倒れたあなたを、部下が運んで帰ったのよ。そういうところが、S級になれなかった理由じゃないの？」

「うああ……ああ……あああああ……ッ！」

自尊心を守るために無意識に封印《ふういん》していた記憶が、キルトの言葉によって脳内にあふれ出す。

そう、ガルゴはあの時、本当に危険度特A級魔獣を倒しただけで、それ以外のことは何も出来ていなかった。

もちろん、倒せるだけで何万人に1人どころではない非凡な才能だ。

だから、当時のキルトは同族のように思えたガルゴのことが嫌いではなかった。

「あの時の私に人を見る目はなかったよ。あなたを自分と似てると思っちゃうなんて……。私は戦うことが好き。強い敵とも戦って、自分をさらに強くするのが好き。でも、あなたは……弱い者いじめが好きなんだね。私は自分より弱い人をいじめても、何にも楽しくないんだ。だから……」

キルトは申し訳なさそうに、心底困った時の笑みを見せる。

「これからあなたと戦うと思うと、全然楽しい気分にならないな」

崩壊しかけていたガルゴの心に、グワッと怒りの炎が灯《とも》る。

自分の強さを侮辱《ぶじょく》されることは、どんな状況であっても許せなかった。

「殺す……！　お前を最初に殺して、俺は新しい人生を切り拓く……！」

「あなたが全力で誰かと戦えるのは、これが人生で最後……。存分に受け止めてあげよう」

「どこまでも……見下しやがってぇぇぇッ!!　全部ぶっ壊してやるッ!!」

ガルゴの魔力が急激に高まり、それは空へと放出されていく。

「止めてみろよ……地砕《じくだ》きの落星《らくせい》ッ！」

最初の数秒は何も起こらず、魔法は失敗かに思われた。

しかし、徐々に空気が震え出し、空から轟音《ごうおん》が鳴り響く。

ガルゴの発動した魔法は天高くに巨石を作り出し、それを重力に任せて地に落とすという単純明快なものだった。

巨石は複数存在し、すべてが地表に激突すれば、大通りどころかトーザの街そのものに甚大《じんだい》な被害を及ぼすだろう。

「空高くに魔力を飛ばす技量、重力を借りることで消費した魔力以上の威力を得るアイデア……。発動までに明らかな溜めの動作を要するのと、実際に岩が落ちて来るまでに時間がかかることに目をつむれば、素晴らしい魔法だと思う」

キルトは目を細めて空を見上げる。

「フ……フフフ……ッ！　おだてたって、もう止まらないぞ……ッ！」

ガルゴにとってはかなりの大魔法。急激に魔力を消費したことに体が驚き、呼吸が乱れる。

それでも立ち尽くしたまま何もしないキルトを見て、この魔法の選択は正解だと確信する。

「フ、フハハハ……壊れてしまえッ！　愛しい愛しいトーザの街もろとも……ッ！」

しかし、キルトの魔法はすでに発動していた。

彼女を中心に水が四方八方へと広がり、包み込むように大通りを覆いつくす。

その水はガルゴにも触れたが、今のところ害を与えることはない。

「みんなを守れてこそのS級だ。どんな攻撃からでも、出来る限り澄ました顔でね」

キルトは右腕を上げ、落ちてくる岩を指さす。

すると、大通りに満ちた水が震え出し、そこから飛び出した無数の水滴《すいてき》が空へと昇っていく。

「こ、この量の水が……動く……!?　そ、空に向かって、これは……ッ！」

それはまさに空へ昇る雨——無数の水滴が弾丸のような速さで飛び立つ。

雨を浴びた巨石は瞬く間にボロボロと崩れ、地上にたどり着く前に消え去った。

その後、役目を終えた水たちは一滴残らずキルトの元に戻り、彼女に吸収されるように消えた。

「さてと……まだ付き合ってあげるよ。だって、これが人生最後だからね」

キルトは深海のように深い青の瞳でガルゴを見据える。

あれだけの大魔法の後でも、彼女の表情に変化はない。

いや……あの程度の魔法、彼女にとっては「大」をつけるまでもないのだ。

「まだだァ……！　俺の全力はァ……こんなもんじゃないんだァァァァァァァァ……ッ！」

それはまるで己を奮《ふる》い立たせるための言葉だった。

同時に今までで一番、人生で一番の魔力の高まりがガルゴの体内で起こる。

そして、シウルとの戦いで見せた黄土色の結晶が現れる――。

「大地最極魔法《アッズ・マギシム》――天津地《あまつち》の巨神《きょしん》ッ！」

大通りの石畳を巻き上げ、その下にある土を取り込んで、巨大な岩石の神像が形成されていく。

その岩石の神像は上半身のみだが、ドライスト領最大の街トーザの大通りが狭苦しく感じるほどの大きさと威圧感を誇っていた。

「腐《くさ》ってもA級冒険者のギルドマスターだ。そりゃ、最極魔法《マギシム》の1つくらい使えるよね」

最極魔法《マギシム》――それは最強にして究極の魔法。

才ある者が長年の鍛錬《たんれん》と実戦を経てようやく手が届くとされる選ばれし力。

通常の魔法と最極魔法《マギシム》の見分け方は1つ――その魔法が「魔創核」を持つかどうかである。

魔法を放つ時、魔力は体外へと放出される。

その魔力があまりにも膨大かつ、あまりにも高密度の場合……魔力が固形化し、目に見える形で現れる。そう、ヒーメル山の山頂に現れる天陽石のように……。

それこそが、宝石のような美しい輝きを放つ、魔力と努力と才能の塊――魔創核。

大きさ、形状、色は魔法ごとに異なり、同じ形の物は存在しないとされている。

魔創核の役割は生物で言うところの骨に近い。

大きな体を持つ生き物が頑丈な骨格を持っているように、強大な魔法にはそれを支える核の存在が必要不可欠なのだ。

ガルゴが放った「天津地の巨神」の魔創核は、岩石の神像を形成するにあたり、人間でいう心臓の位置に移動する。そうして、この巨大な体躯《たいく》を支えるのだ。

巨大さから生まれる質量、魔創核に支えられて見た目よりも遥かに軽快《けいかい》に動く拳の勢いは、単純明快な破壊力を生む。

それを生身の人間が受ければ……原形など留めることはないだろう。

しかし、キルトはただ巨神を見上げるだけで魔法を放つ気配がない。

「無駄が多いけど、それ以上に威圧感がある！　この魔法は対人戦向きだ！　ガルゴ……あなたはグランドギルドに入るべきだったんだ。疑うくらいなら、その中に飛び込んで、グランドギルドのことをその身で学べば良かったんだよ。あそこはいつも人手不足だからさ……絶対に歓迎《かんげい》された」

「ごちゃごちゃうるさいんだよ……ッ！　いつもいつも……！　誰も彼も……！　俺の最極魔法《マギシム》で……ぶっ潰れろやァァァァァァーーーーーーッ!!」

巨神の拳がキルトに迫る——。

「この木偶の坊が……！　勝手に卑屈になって、才能の使い方を間違えやがってよ……！」

「あ……！」

今のキルトが普段は見せない怒り……。ガルゴはそこにかつてのキルトの面影を見た。

そうだ、あの時も……キルトは声を荒らげることはあっても、罵声《ばせい》を浴びせることはなかった……と。

「ふんっ！」

キルトは神像の巨大な拳に、自分の拳で応える！

歯を食いしばり、思いっきり腰を入れたキルトのパンチが巨大な拳とぶつかる。

常識的に考えればこの質量差をどうにか出来るわけがない。

高身長ゆえに女性にしては大きい拳といっても、巨神の拳と比べれば小さな虫も同然。

彼女には悲惨な結果しか待っていない……はずだった。

「う、嘘だろ……。俺の……俺だけの最極魔法《マギシム》だぞ……」

巨神の体はキルトの拳とぶつかった部分から徐々にヒビが入っていき、それが全身に回り……一気に総崩れとなった。

「いい威力だけど……私相手ではね」

確かに最極魔法《マギシム》は最強の魔法だが無敵ではない。

属性の相性、魔法の特性、時には奇抜《きばつ》なアイデアによって簡単に攻略されてしまうこともある。

また、相手が自分より圧倒的に格上だった場合は……言わずもがなである。

「た、対人戦向きって言ったじゃァないか……！」

ガルゴはしおれた花のように力なく膝をつき、自分の前に立つキルトを見上げる。

「うん、だから私相手はダメなんだ」

「あ……は、はい……」

自分を見下ろすキルトの瞳の冷たさに……ガルゴは震えあがった。

もう二度と会うことはないであろう、特に愛着も興味もないゴミを見るような目……。

今ここでバラバラに解体して、ゴミ箱に入りやすいようにしてもいい……そんな目だ。

そして、ガルゴは知った——。

キルト・キルシュトルテという存在は、誰かと比較することが無意味な存在だと。

本来、アリと象を比較する必要がないように……彼女は人間とは別種の生き物なのだと……。

「俺がして来たことは……すべて無意味だった……」

「それは違う。あなたがいなくなった後も、永遠に人々の生活を支える功績がある。でも、それでも……大き過ぎる罪の償いにはならない」

キルトはガルゴの両肩に手を置く。同情しているわけでも、励ましているわけでもない。

「久しぶりだな……こんな役回り」

キルトが魔力を込めると、ガルゴの全身が何度かピクピクと痙攣した。

「ぎゃあああああああああーーーーーーーーーッ!?」

ガルゴが絶叫し、地面をのたうち回る……。

「全身の筋肉とか神経とか……一度ズタズタにして、ちょっと歪んだ形で治した。普通の生活をする分には問題ないけど、戦うことは出来ないようにね」

「え、ええ……？　ど、どうして……」

「それでもあなたは魔法が使えるけど……魔法を使っても脱出出来ないような環境に閉じ込められるから……安心して」

「な、何を安心するんだよ……!?　嘘……だろ……!?」

体の自由を制限され、ガルゴは本当の終わりが近づいて来たことを悟《さと》る。

彼によって被害を受けた人の数が、あまりにも多過ぎたのだ。

「私も嘘だったらいいなって思ってる。馬鹿なことする前に、私に直接戦いを挑んで来てくれたら……もっと楽しく戦えたのにさ」

そう言い残して、キルトはガルゴに背を向けた。

◇　◇　◇

住民が避難した後の建物……そこの上層階を借りて、俺たちは窓越しにキルトさんの戦いを見学していた。

「あ、圧倒的だ……！」

「ク、クウウウ……！」

戦いの最中は全員が絶句していた。戦いの後もなかなか言葉が出て来なかった。

S級とA級に……ここまで差があるなんて……！

「ガルゴの……あの最極魔法《マギシム》ってのも……すごかったわね」

シウルさんが震える声でそうつぶやく。

彼女もガルゴと戦ったから、彼の全力を見て思うことがあるのだろう。

俺も……竜魔法《ドラゴスペル》に目覚める前なら、万に一つも勝てる可能性はなかったとわかる。

ガルゴ・グンダム……道を間違ってさえいなければ……。

「だが、シウル……そなたもガルゴとの戦いの中で、魔創核を出していたぞ……！　それも1つではなくいくつもな……！」

フゥが目を輝かせながら言い、シウルさんはその言葉にギョッとする。

「えっ⁉　そうなの⁉　あの時はとにかく必死で、自分の周りなんて全然見てなかった！　もしかして……私ってガルゴよりすごい最極魔法《マギシム》が使えちゃう……⁉」

「う、うむむむ……ッ！　これぱっかりは否定出来ん！」

「やっばー！　早く帰って修業しなくちゃ！」

なんかすごい2人で盛り上がってる……！

ふと、窓の外に視線を戻すと、キルトさんが「こっちにおいで」のジェスチャーをしていた。

「みんな、下に降りるよ！」

パーティ全員でドタドタと大通りまで急ぐ。

窓越しには遠い存在に見えたキルトさんが……目の前にいた。

「やっぱりキルトさんってすごいっ！　憧れちゃいますっ！」

キルトさんに抱き着いてはしゃぐシウルさん。

それを見て俺とフゥも自然と笑顔になる。

ただ、同じように笑っているキルトさんの顔には、少し陰があるように思えた。

「お疲れ様です、キルトさん。その……辛い役目でもやり切れるキルトさんを俺は尊敬します」

「ありがとう、ユートくん。慣れてるっちゃ慣れてるし、当然の報《むく》いなんだけど……。やっぱり、今の私は誰かを壊したって楽しくない！　そう思える自分を誇らしく思わないとね！」

キルトさんは不器用なウインクを見せる。

あれだけ器用に魔法が使えるのに、片目だけをつぶるのが難しいなんて、俺は思わず噴き出してしまった。

「あっ！　ユートくん……私のウインクを笑ったね？」

「えっ……はい」

「女の子に対して失礼だね～……抱っこの刑だ！」

キルトさんは俺の脇の下に腕を入れ、赤ん坊のように抱きかかえた！

身長はキルトさんの方が高いので、これをやられると足が地面につかずプラプラになる……。

「は、恥ずかしいです……！」

そう言った後、キルトさんの肩越しにガルゴの姿が見えた。

鎖で巻かれ、連行用の馬車に詰め込まれている。

当然の扱い。犯罪者はこうして連れて行かれなければならない……。それはわかっている。

でも、今の俺には彼の姿がとても虚《むな》しいものに見えた。

「ユートくん、ガルゴのことを忘れなくてもいいけど、置いておくのは心の片隅だよ。君は今の君のままで強い。いや、今の君だからこそ強いんだ。自分の良さを……ずっと忘れないでね」

「はい！」

俺は抱っこされながらハッキリと返事をした。

「そろそろ……下ろしてもらえません？」

「あ、ごめんね！　ユートくんの体がポカポカで気持ち良くってさ！」

俺は再び地面を踏むことが許された。

体がポカポカしていたのは、キルトさんも一緒だ。

あれだけ圧倒的な力を持っていても同じ人間なんだなって……少し安心した。

「さぁて！　ギルドベースに帰って、パーッとパーティーを開きましょう。私たちに与えられた任務は大成功だよ。報酬だって上乗せされること間違いなしさ！」

「わーおっ！　最高っ！」

ひたすらにテンションが高いシウルさん。この明るさが今はありがたくて、心に染みる。

憲兵団とグランドギルドからの事情聴取《じじょうちょうしゅ》は、蜘蛛狩りの翌日に済ませてある。

また後日、ガルゴの証言次第で追加の聴取を求められる可能性はあるにせよ、今日のところは王都に帰っても問題ないはずだ。

王都とトーザの街の間には、ガルゴ大林道っていう素晴らしい道があるからな。

◇　◇　◇

その後、ガルゴ・グンダム逮捕《たいほ》の話はヘンゼル王国全土に広がった。

ガルゴが自分を満たすのに足りなかった「A級上位の冒険者」「上級ギルドのマスター」という肩書きは、一般国民や同業者からしてみれば、そりゃすごいものだったんだ。

だからこそ、そんなすごい冒険者が行《おこな》っていた、目を覆いたくなるような悪行は注目を集めた。

それこそ、冒険者ギルド全体のイメージを下げかねないほどに……。

そこでグランドギルドは一計を案じた——。

悪い冒険者を捕まえたのは良い冒険者で、それも正義感と勇気にあふれる若手冒険者だった……と、まるで悪評を相殺《そうさい》するかのように俺のことを広め始めたんだ。

グランドギルドや憲兵団が捕まえたという話ではダメなのはわかる。

それがお前たちの仕事だから当然だろうと言われて、話題が終わってしまうからだ。

あくまでも一般の冒険者、それも若手がベテランの悪事を暴いたという、どこかヒロイックな構図だからこそ民衆は乗っかってくる。

一応出された情報は俺とロックの名前と年齢ぐらいだったので、一部の人以外にはピンと来ないように配慮はされてはいた。

けど、何だかんだ俺たちは人口が一番多い王都を活動拠点にしていたし、今までにそれなりの数の任務をクリアして名前を売って来た。

だから、所属ギルドも案外すぐに突き止められて……野次馬《やじうま》が来るようになってしまった。

まあ、それに関しては王都の下町の治安の悪さが、すぐに解決してくれた。

生半可《なまはんか》な気持ちで『キルトのギルド』に来ると盗みや暴行に遭ってしまうから、自然と野次馬の数は減っていったんだ。

とはいえ、治安の悪さは誇れるものではないので、見つけ次第悪党を捕まえては憲兵団の詰所に突き出す毎日だ。

グランドギルドは感謝と謝罪の意を込めて、莫大な報酬を用意してくれた。

俺も冒険者である以上、活躍すれば名が広まっていくことは承知している。

その広まり方が急激なことに困惑しないわけではないが、グランドギルドからの報酬にありがたい存在が含まれていたこともあって、今回のことは完全に許している。

ガルゴ逮捕の余波は、最終的に女王から俺に新たな勲章が贈られることで区切りを迎えた。

授与式はまだ先だけど、長年にわたり続いた大きな悪事を暴いた功績と、国民感情の高まりから授与が決定したらしい。

とりあえず、いずれまた王城に呼ばれることになるだろう。

『クライム・オブ・ヒーメル』優勝で授与された「天陽勲章」に続いて、2個目の勲章になる。

その勲章を持って一度帰ってみようか……故郷の両親の元に。

家出同然で飛び出して来たあの場所に、今なら胸を張って帰れる気がする。

もちろん、ロックも一緒にな！

閑話一　狩りを終えた者たち

TEGIREKIN
GAWARINI WATASARETA
TOKAGE NO TAMAGO, JITSUHA
DRAGON DATTAKEN

ガルゴ・グンダム連行後のトーザの街は、避難していた人たちが徐々に家に戻り、朝方特有の活気が戻り始めた。

そんな中、俺たちはまだ街から動けずにいた。

このたびのガルゴの逮捕劇のリーダーを務めたマックス支部長に、一言くらい声をかけてからこの場を去るべきだろうと考えたからだ。

もしかしたら、向こうもこちら側に伝えておかないといけない情報がまだあるかもしれない。

なんてったって、今回の蜘蛛狩りのほとんどを俺たちのギルドで片付けているからな。

表向きの蜘蛛狩りは、ゴウガシャグモのマザータイプを討伐すること。

そして、真の蜘蛛狩りは、上級ギルド『鉄の雲』がひた隠す蜘蛛狩りの闇を暴くこと。

後になってから聞いたけど、まさかマザータイプを討伐したのがシウルさんとフゥだったとは思わなかった！

てっきり、ガルゴか『鉄の雲』の幹部クラスが倒していると思っていた。

俺が湖から飛び出して来た未知のタイプの相手をしている間に、シウルさんとフゥが危険な目に遭っていたと考えると、俺には反省する点もある。

しかし、それ以上に２人が身につけた強さと、そこに至るまでの成長を称賛《しょうさん》したい。

マザータイプは危険度Ａ級に分類される魔獣。それを倒せたということは、強さに関しては冒険者の高みにかなり近づいているということ。

うかうかしていると、俺だけ置いて行かれてしまうかもしれない……。

竜魔法《ドラゴスペル》という新しい力に目覚めた俺は、それで慢心するなと言われたような気がした。

まあ、実際はシウルさんもフゥもそんなことは全然言ってないし、そんなニュアンスの発言もまったくなかったんだけどね。

俺とガルゴが戦っている間、彼女たちはユリーカさんの導きで『鉄の雲』がひそかに樹林内に設置していた補給拠点に向かい、そこで応急手当をしていた。

つまり、ガルゴが予測したユリーカさんの行動は当たっていたんだ。

あれでも、自分の部下に関心はあったんだ。

そして、応急手当を終えて樹林の外を目指そうという時に、やって来たマックス支部長率いる憲兵団トーザ支部の団員たちと出会い保護された。

その後、俺も最強のゴウガシャグモ……今ではキングタイプと呼ばれている個体との戦いを終えて、憲兵団と出会い、アミダ樹林を脱出することに成功した。

『暁の風』のパーティがわざわざ街まで憲兵団を呼びに行ってくれたおかげで、樹林に放置されていた『鉄の雲』のメンバーの回収も迅速に行われた。

結果として、ガルゴも含めて後遺症が残るレベルのダメージを負った人はいなかった。

ゴウガシャグモに噛まれた人は一時的な毒の影響、俺のオーラに打たれた人は打撲、シウルさんの紫電に撃たれた人は軽い火傷などはあったが、逆に言えばその程度だったということだ。

そこらへんの後始末を憲兵団に任せて樹林の外に出た時、やっとシウルさんたちと合流出来た。

最初、俺の姿を見つけたシウルさんは喜んだり、泣いたりと激しい感情をぶつけて来たけど、それが落ち着くと今度はマザータイプを倒したことを得意げに話し始めた。

それこそ、いつも以上に胸を張って、ふんぞり返るような姿勢で……だ。

俺は素直に感心して、シウルさんとフゥを褒め称えた。あの時は本当に驚いたものだ。

シウルさんが満足するくらい褒めた後は、俺も自分の戦いについて語った。

ガルゴとの戦闘でピンチに陥った時、遥か遠くから光魔法でガルゴを撃ち抜いたキングタイプが現れ、そのままキングタイプとの戦闘になった……と。

てっきり俺がガルゴを倒して樹林を抜けて来たと思っていたシウルさんとフゥは、それはそれは驚いた顔をしていたなぁ。

そして、圧倒的な強さを誇るキングタイプにロックと共に立ち向かい、新たな力——竜魔法《ドラゴスペル》によってキングタイプを討伐して来た……と。

◇　◇　◇

俺の話を聞いて、シウルさんは少しだけ悔しそうな顔をした。

「やっぱり、まだまだユートには敵わないなぁ～！　でも、安心した。ユートには私の少し前を歩いてもらわないと、張り合いがないものね！」

シウルさんはニヤッと笑って、俺の頭を少し乱暴に撫でた。

俺がされるがままになっている間、フゥはロックの頭を優しく撫でていた。

「ロックもよく頑張ったものだ。私たちの言いつけを守って、見事あちらのゲストパーティを樹林の外まで送り届けてくれた」

「クゥー！　クゥー！」

本当にそうだ。ロックは樹林を縦横無尽《じゅうおうむじん》に駆け回って、よく戦ってくれた。

『暁の風』のメンバーが無事に脱出して、トーザの憲兵団支部に駆け込んでくれなかったら、俺たちは戦いの後にどうなっていたかわからない。

何より、ロックは彼らを送り届けた後にまた戻って来てくれたんだ。

ロックがいなかったら、俺はキングタイプどころかガルゴに瞬殺されていただろう……！

戦いの後、俺はロックをう～んと褒めた。ロックも立派な冒険者だ！

「ユートの話ではロックのウロコを焼くほどの攻撃を受けたと聞いたが……その痕《あと》がないな。ドラゴンのウロコというのは、そんなにすぐ再生するものなのか？」

「クゥ！　クゥ！　ク～！」

ロックは首を振って否定し、前足で俺を指し示した。

「ああ、竜魔法《ドラゴスペル》には回復の効果を持つ魔法もあるんだ」

俺がそう答えると、フゥは少し悔しそうな顔をした。

「ふむ……それは良いことだが、ジューネ製のポーションの出番は減りそうだな」

シウルさんと似たような表情をするので、俺は少し笑ってしまった。

「いやいや、これからもジューネ製のポーションは愛用させてもらうよ。俺の回復魔法は、ちょっと使い勝手が悪くってね。ポーションの方が手軽で素早い回復が出来る」

そう言うとフゥは満足げな表情を浮かべた。

「よし、ならばこれからも我々が作ったポーションを提供するとしよう」

そう言って、フゥは俺の頭には手が届かないので、お腹のあたりを荒々しく撫でた。

お互いの活躍を喜びつつも、どこかでライバル意識を持っている。

そんなパーティの関係性がちょうどいいと思っている。

パーティ全員が無事にアミダ樹林を脱出した後は、そこから一番近い街であるトーザに移動した。

もちろん、徒歩ではなく憲兵団が用意してくれた馬車でだ。

トーザの街に着いた後は体を休めながら、より詳しい事情聴取を受けた。

外が暗くなり始め、今日はもう憲兵団の詰所に宿泊しようかという話になった時……そこへ慌てた顔をしたキルトさんが駆け込んで来た。

「みんな、大丈夫!?」

憲兵団の人が何らかの方法でギルドに伝えてくれたのだろう。

キルトさんはわざわざ王都からトーザまでその日のうちにやって来てくれたんだ。その顔を見た時、俺は心底安心したのを覚えている。これ以上何か起こっても、キルトさんが何とかしてくれると思ったからだ。

俺たちは蜘蛛狩りで起こった一部始終《いちぶしじゅう》をキルトさんにも伝えた。

全員死にかけたとはいえ、圧倒的格上の敵に新たな力で勝利したのは事実。

みんな、笑顔でその経験を語ったし、キルトさんも笑顔で聞いてたけど……話が終わった時、彼女はふいに表情を曇《くも》らせた。

「みんな、本当によく頑張ったね……。私が想像してた以上に、今回の潜入捜査は危険な任務だったみたいだ。それでも、無事に帰って来てくれて……ありがとう。ギルドマスターとしては、判断を誤ったかもしれない……。ギルドのメンバーをこんなに追い込んでしまっては……」

「そ、そんなことないです！　確かに危険だったことは間違いないですけど、この任務は俺たちじゃないとクリア出来なかった！」

もっと強くなってからでは、新人冒険者の範疇を外れて、ガルゴは蜘蛛狩りに俺を呼ばなかっただろう。そういうところは抜け目のない男だ。

いざという時にアミダ樹林から逃げ出せるだけの力を持った冒険者を、蜘蛛狩りに誘うことはない。ゆえに未熟さが残っていても、今の俺じゃないと出来ない任務だった。

「ガルゴの獲物でありながら、狩りの中で成長してその罠から逃れることが出来た。他の冒険者だったら……きっとそうはいかなかった。キルトさんが鍛えてくれた俺たちじゃなかったら、きっと蜘蛛狩りの闇を暴けず、これからも犠牲者は増え続けていました」

俺はその証拠として、竜牙剣を持たないままオーラを放出した。

そして、オーラの形を変え、紅の長い刃を持つ竜長剣《ロングソード》を作り上げた。

この新しい力——竜魔法《ドラゴスペル》。ハッキリと目に見える成長の証。

オーラが竜牙剣の力ではなく、自分自身の力だと自覚することで、オーラをより自由自在に動かせるようになった。

悔しいが……ガルゴの言っていたことは正しかったんだ。

自分の力すら自覚出来ていなかったから、魔法とも剣術とも言い切れない、どっちつかずの中途半端な技になっていた。

でも今は……わかっている。研ぎ澄ますことが出来る。

竜牙剣が引き出してくれたオーラの勢いを、ただただぶつけるだけの攻撃を行《おこな》っていたんだ。

そこから生まれる斬れ味は、あのキングタイプすらも容易に切断した。

おそらくは危険度A級のマザータイプを超える個体のキングタイプ……。

もし、あそこで倒し損ねていたら、他の冒険者とも戦ってさらなる経験を積み、長い年月生き残れば、いずれは伝説の魔獣の一種——危険度S級になりかねない奴だった。

とにもかくにも、追い詰められてさらなる力が出て来るのは、ただの奇跡ではない。

それだけの力を普段の鍛錬でつけていたからこそ、きっかけを得て出て来たに過ぎない。

そして、その鍛錬を指導してくれたのは……他でもないキルトさんだ。

俺もロックも、シウルさんにフゥだって、キルトさんを怨《うら》んじゃいない。

忘れられない恐怖を味わうと同時に、この蜘蛛狩りに参加していなかったら得られない力を得たという実感がある。

無難にお金を稼いで冒険者を続けるのではなく、さらなる高みを目指そうというのなら、こういう戦いはきっとこれからも避けては通れないんだろう――。

◇　◇　◇

「ユートくん、大丈夫？　ボーっとしてるけど……いや、まだ疲れが残ってて当然だよね」

キルトさんが心配そうに俺の顔を覗き込んでいた。

どうやら、ずいぶんと蜘蛛狩りの後のことを思い出していたらしい。

「いえ、大丈夫です！　えっと、マックス支部長に声をかけてから帰ろうって話ですよね？」

「うん。彼はガルゴを連行する馬車に付き添って行ったけど、まだ現場でやることがあるだろうから、馬車を見送った後は『鉄の雲』のギルドベースあたりに戻って来てると思うんだよね。だから、今からそこに向かおうかなって思ってるんだ」

「じゃあ、行きましょう！　早めに王都に帰りたいですからね」

俺たちは『鉄の雲』のギルドベースに向か……おうとした時、背後から声が聞こえて来た。

それも鼓膜を突き抜けて脳を揺さぶるような……聞き覚えのある声……。

「そこの人たちィィィィィーーーーーッ！　ちょっと待ってェェェェェーーーーーーーッ！」

「こ、これはみんなの話に出て来たあの子……!?」

キルトさんは耳を塞ぐ素振《そぶ》りは見せないが、顔をかなりしかめている。

この声はキルトさん相手でもある程度通用しているということだ……。

「ノイジィ、やめるんだ！　通りの建物の窓ガラスが全部割れてしまう！」

「鼓膜が破れたら大恩《だいおん》ある方々と会話が出来なくなるって！」

背後から駆け寄って来たのは、やはり『暁の風』の3人だった……！

「みんなもこの街に来てたんだね」

「うん、自分が関わった事件の顛末《てんまつ》を……見届ける必要があると思って」

灰色のクセっ毛を指でいじりながらシェイは言った。

「それにしても、すさまじい戦闘だった……。ガルゴも恐ろしかったけど、上には上がいるって思わされたよ。僕では到底追いつけそうにないってこともね」

シェイは首をすくめる。でも、その表情からは負の感情を一切感じない。

「それでも構わないんだ。今の僕に出来る精一杯でも、誰かを救うことは出来る。今回の出来事は、僕にそれを教えてくれた。圧倒的な力が手に入らなくても……僕は冒険者を続けるよ」

「そう思えるのは、シェイの強さだと思う。ガルゴには手に入れることが出来なかった強さだ。改めて、今回は助けてくれてありがとう」

「こちらこそ、ありがとう。君たちの役に立てて本当に良かった」

シェイと握手を交わす。戦いの中でお互いに出来る限りを尽くしたんだ。

「俺は……あれを見せられてむしろもっと強くなりたいと思ったっす」

デイビットは両手の拳を固く握りしめてつぶやいた。

「ガルゴはロクでもないクズ野郎だったけど、俺なんて足元にも及ばないくらい強かったっす……！　そんな奴をこの世にのさばらせたくないと思うなら、自分がそれ以上に強くなってぶっ潰すしかない！　今はクズ以下の俺っすけど、いつかはてっぺんを取りに行くっす！」

キルトさんの戦いを見た後にてっぺんを取ると言えるデイビットは心の強い人だ。

俺だってキルトさんの背中を追いかけたいと思うことはあるけれど……まだ人前で堂々と宣言するほどの自信はない。

「私はとりあえずこの声魔法をもっと上手く使いこなしたいな！　今のままじゃ、聞かせるものすべてを壊してしまいそうだから……！」

その発言すら空気を震わせているノイジィさん。まさに天性の音波《おんぱ》攻撃……！

「制御出来ない力に頼っていると、いつか自分や大切なものを壊す。君の場合は声に指向性《しこうせい》を持たせることから始めるといい。もう威力は十分だからね」

キルトさんがノイジィさんに直接アドバイスをする。

それだけ将来性を感じたのか、それとも危険性を感じたのか……どちらもかな。

「わぁ！　ありがとうございます！　すごい人にアドバイスしてもらっちゃった！」

「普段はそんなに声を張らなくても、みんな聞こえてると思うよ」

「はい！　ちょっと小さくしますね……！」

果たして、この声魔法が成長し切るまでにどれだけの鼓膜が破られるのか……！

「そうだ！　あなたたち、これから時間空いてる？　私たちのギルドベースで今回の任務成功を祝ってパーティーを開く予定なんだけど、暇だったら来ない？」

シウルさんが『暁の風』の皆をパーティーに誘う。

彼らも今回の蜘蛛狩りに関わった人たちだ。

一緒に任務成功を喜べるなら、それに越したことはない。

うちのギルドベースは外から見るとボロく見えるけど中は綺麗で広い。３人くらいなら受け入れても十分過ぎるスペースがある。

「今日はこれからの予定を入れてませんし、僕らも王都に帰るつもりだったので……お言葉に甘えて、パーティーにお邪魔させてもらおうかなと思います。みんなも大丈夫だよね？」

シェイの問いかけにデイビットとノイジィさんがうなずく。

これで『暁の風』の3人がパーティーのゲストになった！

「これでパーティーが賑やかに……おっ！　向こうから来たわね！」

シウルさんの視線の先には、マックス支部長とユリーカさんの姿があった。

ちょうど探していたところだったので、向こうから来てくれて助かった。

「あなたたちもパーティーに……って、支部長さんは流石に仕事が忙しくて無理そうよね……。職場もこの街だし、後始末もありそうだし……」

「ハハハッ！　そうですね、お気持ちだけ受け取っておきますよ」

マックス支部長はにこやかに答えた。

ガルゴのしっぽを追い続けての逮捕には、彼も思うところがあったようだ。

ガルゴ逮捕の細かな計画を立てていた時も、ついに捕まえられるという高揚感《こうようかん》から来る笑顔の裏に、ドライスト領の領主や領民たちが信頼していた男を捕まえてしまうという葛藤《かっとう》が見えていた。

それでも犯した罪が罪な以上、逮捕以外の選択肢はなかった。

大仕事を終えた彼の表情は、憑き物《つきもの》が落ちたようにスッキリして見える。

「ガルゴ・グンダムはドライスト領の英雄でした。彼がアミダ樹林でコソコソと悪事を働いていたのは事実ですが、ガルゴ大林道を切り拓いたこと、A級冒険者として危険な魔獣を倒し領民の生活を守っていたこともまた事実……。ドライスト伯爵もまだ困惑しておられます」

ガルゴが大林道を作ったことで、このドライスト領は大きく発展した。

だからこそ、領地を治めるドライスト伯爵にとってもガルゴは英雄だったんだ。

「彼が消えた穴を埋めるべく、我々は尽力します。憲兵団である以上、魔獣の討伐などにはなかなか関われませんが……治安の維持を第一に、これからも人々への奉仕を続けます」

この領地で最大勢力だった『鉄の雲』が消えたことで、いい稼ぎ場が出来たと思った他のギルドが押し寄せて来る可能性が高い。

そうなれば、ギルド同士の対立や仕事の奪い合いが発生し、トラブルが増加するだろう。

そんな時に仕事をすべきなのはグランドギルドだけど、もっと人々の身近に存在する問題——それこそ喧嘩の仲裁や犯罪事件の捜査などは憲兵団の領分だ。

彼らのこれからの活躍次第で、ドライスト領の治安は変わってくる。

「頑張ってください、マックス支部長。このたびは助けていただいて、ありがとうございました」

「こちらこそ、ご協力感謝します！　皆さんのおかげで、見過ごされていた悪を暴くことが出来ました！　これからもお互い別の立場で、職務に邁進《まいしん》してまいりましょう！」

マックス支部長のビシッとした敬礼には、俺たちへの敬意がハッキリと感じられた。

俺も思わず真似しそうになったけど、俺は冒険者だ。敬礼は似合わないさ。

「それでそれで、ユリーカはもちろん来るでしょ？　パーティー好きだもんね！」

「私は行けないわ」

ウキウキだったシウルさんに、ユリーカさんは冷たく言い放った。

「え……っ！　どうして!?」

「私は……罪人だからよ。今、あんたの前で手枷《てかせ》をされてないのは、相当な温情なのよ」

ユリーカさんは幹部クラス……。『鉄の雲』の古参メンバーではないにせよ、蜘蛛狩りへの関与は疑う余地がない。

ギルド内でガルゴがかなりの権力を持っていて、逆らうことが許されなかったとしても――。

彼女が真っ先に罪を認め、ガルゴの罪を暴くために協力していたとしても――。

無罪放免にはならないと……俺も覚悟はしていた。

「そんな……！　あんただってガルゴに殺されかけたのに……！」

「それとこれとは別なのよ。私は今回以外にも蜘蛛狩りに幹部として関わって来た。自首しても、自白しても、その罪は消えない。ガルゴに言われた通りに働いていただけだとしても」

「じゃあ……どうなっちゃうの？　し、死刑には……ならないわよね!?」

シウルさんは取り乱してマックス支部長をにらむ。

マックス支部長はシウルさんと目を合わせることが出来ず、空を見上げながら言った。

「私は裁判官ではありません。滅多なことは言えませんが……経験上、そこまでの罪にはならないと思います」

「ほ、本当……!?」

「やはり、誰も殺してはいないことが大きい……。人として再起不能に追い込んでいるのなら、殺しと一緒ではないかと、被害者やその関係者の方は思うでしょうが……法の下《もと》では同じではないのです。首謀者《しゅぼうしゃ》のガルゴはわかりませんが、自首と捜査協力を行《おこな》った彼女が死罪はあり得ない」

シウルさんはホッと胸を撫でおろした後、乱暴な口をきいたマックス支部長にペコペコと頭を下げて謝った。

その後も、マックス支部長の話は続く。

「とはいえ、軽い罪というわけでもないです。どういう裁判が行われ、どういう罰が与えられるかはわかりませんが……しばらくは会えないと思った方がいいでしょう」

シウルさんは歯を食いしばって話を聞いていた。

そればっかりは仕方ないと……彼女もわかっているんだ。

「シウル、1回しか言わないから、よく聞いてなさい」

ずっとうつむき加減だったユリーカさんが顔を上げ、シウルさんの目を真っすぐ見る。

「また、あんたに会えて良かった。おかげで私はこれ以上罪を重ねなくて済むわ。じゃあ……これで、さようならね」

ユリーカさんはマックス支部長に「行きましょう」と声をかけ、その場から去ろうとする。

マックス支部長は「そんな別れ方でいいのか？」と問いかけるが……ユリーカさんは無言でこちらに背を向ける。

当然、シウルさんがこんなのを許すはずなかった。

「会えて良かったってんなら……言う言葉は『さようなら』じゃないでしょうがッ‼」

ユリーカさんの震える背中を突き刺すような叫びが、トーザの街にこだまする。

「自由の身になったら、いの一番に私に会いに来て、もう一度感謝の言葉を述べなさい！　それまで死ぬんじゃないわよ！　行く当てがないとか、自分は孤独だとか、そんなんで命を投げ出すくらいなら……私が立ち直るまで養ってあげるわ！　今の私には安定した稼ぎがあるものッ！」

シウルさんの言葉に、ユリーカさんは振り返り……キレた。

「誰が死ぬとまで言ったのよッ⁉　私はそんなに弱い人間じゃない！　あんたに言われなくたって生きていけるわ！　でも！　でも……！　もう一度くらいなら……会ってあげても構わないから……！　せいぜい馬鹿なことせずに生き残ってなさいよ……！　今回みたいな戦いばっかりしていると死ぬわよッ⁉」

「死なないわよ！　もっと強くなって……今度会う頃にはガルゴみたいな奴でも片手で倒せるくらい強くなってるから……せいぜい私と張り合ってみなさいよ！」

「くっ……減らず口を……！　もういいわ！　これ以上の会話は不要ッ！」

ユリーカさんはくるりと背を向ける。そして――。

「またね」

そう言って、彼女はツカツカと歩き出した。俺たちとは違う方向へ。

「うん、またね！」

手を振るシウルさん。ユリーカさんは振り返らないけど、間違いなく伝わっている。

友達とか、仲間とか、そういう関係ではないけど……シウルさんとユリーカさんはどこか似ている。

そんな2人の関係は不確かで、不自然で、不安定だけど、切っても切れない関係に思えた。

「では、私もこれで」

ユリーカさんの背中を追うマックス支部長。彼が見せた微笑みを俺は見逃さなかった。

よく罪人であるユリーカさんを1人でここに連れて来てくれた。

その心意気がなければ、彼女たちが言葉を交わす機会はもうなかったかもしれない。

俺たちは静かに頭を下げ、彼の背中を見送った。

「……よし！　この街でやるべきことは、これで全部終わったわ！　みんなで帰りましょう、私たちの王都へ！　そして、パーッとパーティーよ！」

ハンカチで目頭《めがしら》をぬぐったシウルさんが、王都の方角を指さす。

それはユリーカさんが歩いて行った方向とは逆だけど、俺は2人の道が再び交わることを願わずにはいられなかった。

Re:Monster
リ・モンスター
1～9・外伝
8.5
暗黒大陸編1～3
金斬児狐
Kanekiru Kogitsune
150万部
シリーズ累計
(電子含む)
突破!
2024年4月
TVアニメ
放送決定!!
ネットで話題沸騰!
怪物転生
ファンタジー
最弱ゴブリンの下克上物語 大好評発売中!
コミカライズも大好評!
【小説】
1～9巻／外伝／8・5巻
◉各定価：1320円(10%税込)
◉illustration：ヤマーダ
新章
【小説】
1～3巻(以下続刊)
◉各定価：1320円(10%税込)
◉illustration：NAJI柳田
【漫画】
1～10巻(以下続刊)
◉各定価：748円(10%税込)
◉漫画：小早川ハルヨシ

大きな功績も挙げないまま、三流冒険者として日々を過ごすテイマー、バーツ。そんなある日、かつて弟子にしていた子どもの内の一人、ノエリーが、王国の聖騎士として訪ねてくる。しかも驚くことに彼女は、バーツを新しい国防組織の幹部候補に推薦したいと言ってきたのだ。最初は渋っていたバーツだったが、勢いに負けて承諾し、パートナーの魔獣たちとともに王都に向かうことに。そんな彼を待っていたのは――ノエリー同様テイマーになって出世しまくった他の弟子たちと、彼女たちが持ち込む国家がらみのトラブルの数々だった!?　王都のはずれにもらった小屋で、バーツの新しい人生が始まる!

●定価：1320円（10%税込）　●ISBN：978-4-434-33329-3　●Illustration：Aito

幼子は最強のテイマーだと気付いていません！
Osanago ha Saikyo no Tamer Dato kizuite Imasen!
1~4
少女は自分がチートだと
まったく気付いていません！
[author]
akechi
待望のコミカライズ好評発売中！
三歳の少女ユリアは竜人の王女で『神の愛し子』！ 伝説の魔物達を“友達”とする彼女は、気付かぬ間に最強のテイマーとなっていた。そんなユリアの力を求めて、様々な国や教会が陰謀を張り巡らすのだが、彼らは“友達”の恐ろしさを知らなかった――愛され少女と魔物達の大冒険、開幕！
1~4巻好評発売中！
◉各定価：1320円（10%税込）
◉Illustration：でんきちひさな
◉定価：748円（10%税込）
◉漫画：悠城酉　◉B6判

迷宮《ダンジョン》によって栄える都市で暮らす少年・ロイ。ある日、『ハズレ』扱いされている迷宮に入った彼は、不思議な塔の中に迷いこむ。そこには、大量のレア素材とそれを食べるスライムがいて、その光景を見たロイは、自身の失われた記憶を思い出す……なんと彼の前世は【製薬】スライムだったのだ！　ロイは、覚醒したスキルと古代文明の技術で、自由に気ままな製薬ライフを送ることを決意する——『ハズレ』から始まる、まったり薬師ライフ、開幕！

◉定価：1320円（10%税込）　◉ISBN 978-4-434-31922-8　◉illustration：ガラスノ

この作品に対する皆様のご意見・ご感想をお待ちしております。

おハガキ・お手紙は以下の宛先にお送りください。

【宛先】

〒150-6019 東京都渋谷区恵比寿4-20-3 恵比寿ｶﾞｰﾃﾞﾝﾌﾟﾚｲｽﾀﾜｰ 19F
（株）アルファポリス　書籍感想係

メールフォームでのご意見・ご感想は右のＱＲコードから、
あるいは以下のワードで検索をかけてください。

アルファポリス　書籍の感想　検索

ご感想はこちらから

本書はWebサイト「アルファポリス」(https://www.alphapolis.co.jp/)に投稿されたものを、
改題、改稿、加筆のうえ、書籍化したものです。

手《て》切《ぎ》れ金《きん》代《が》わりに渡《わた》されたトカゲの卵《たまご》、実《じつ》はドラゴンだった件《けん》3
～追放《ついほう》された雑用係《ざつようがかり》は竜《りゅう》騎《き》士《し》となる～

草乃葉オウル（くさのはおうる）

2024年　2月　28日初版発行

編集－八木響・矢澤達也・芦田尚
編集長－太田鉄平
発行者－梶本雄介
発行所－株式会社アルファポリス
〒150-6019 東京都渋谷区恵比寿4-20-3 恵比寿ｶﾞｰﾃﾞﾝﾌﾟﾚｲｽﾀﾜｰ19F
TEL 03-6277-1601（営業）　03-6277-1602（編集）
URL https://www.alphapolis.co.jp/
発売元－株式会社星雲社（共同出版社・流通責任出版社）
〒112-0005 東京都文京区水道1-3-30
TEL 03-3868-3275
装丁・本文イラスト－有村
装丁デザイン－AFTERGLOW
印刷－図書印刷株式会社

価格はカバーに表示されてあります。

落丁乱丁の場合はアルファポリスまでご連絡ください。

送料は小社負担でお取り替えします。


ISBN978-4-434-33479-5　C0093